一株柳树的自白

残雪 著

湖南文艺出版社

图书在版编目（CIP）数据

一株柳树的自白 / 残雪著. -- 长沙 ：湖南文艺出
版社，2014.8（2024.10重印）
ISBN 978-7-5404-6770-8

Ⅰ．①一… Ⅱ．①残… Ⅲ．①短篇小说－小说集－中
国－当代 Ⅳ．①I247.7

中国版本图书馆 CIP 数据核字(2014)第 124429 号

C̄S
PUBLISHING & MEDIA
中南出版传媒

一株柳树的自白

残雪　著

出　版　人：陈新文
责任编辑：陈小真
特邀编辑：薛　梅
装帧设计：弘毅麦田
版式设计：周基东工作室
湖南文艺出版社出版、发行
（湖南省长沙市东二环一段508号　邮编：410014）
网址：www.hnwy.net
湖南省新华书店经销
湖南志翔印务有限公司印刷

版次：2014年8月第1版第1次印刷
印次：2024年10月第4次印刷
开本：880 mm×1230 mm　　1/32
印张：8.75
字数：160,000
书号：ISBN 978-7-5404-6770-8
定价：35.00元

本社邮购电话：0731-85983015　若有质量问题，请直接与本社出版科联系调换

序

在沙漠地带之下的深土层里，有无名小动物们在辛勤地耕耘。这些从来不露面的动物是吃土的。它们所进行的耕耘运动的方向是垂直的，只不过这个方向不是它们用眼睛看见的，眼睛早已退化。垂直的运动是同大地的律动一致的，它们用身心配合着这种大自然的律动。这些景象就是我的一篇短篇小说里所描绘的我的艺术之魂的形象。

有一位具有慧眼的异国读者指出，我的小说所描绘的风景就是创作过程本身的风景。这样的读者无疑是具有创造力的。这也意味着，阅读残雪的小说需要一定的创造力。这种特殊的阅读不能只盯着字面上的公认的意思，因为你所读到的是灵魂发出的信息，你的阅读就是唤醒你自己的灵魂来同作者的灵魂进行沟通。灵魂之间是可以相通的，这是我的信念。

已经有三十年了，我对短篇的写作情有独钟。我认为最美的短篇应该是那种元气十足、勇敢无畏地向着纵深地带开拓的表演。我在写作中力求使自己朝着这个方向努力。这套残雪作品系列（《侵蚀》《情侣手记》《一株柳树的自白》《紫晶月季花》《垂直的阅读》）所收录的短篇小说，是我这十年里创作的最新作品。我对自己的这些表演很有信心，我将它们交给我的读者来评判。我在国内和国外都有一些能够与我互动表演的读者，他们的人数还在渐渐增多，对一位辛勤的写作者来说，还有什么是比这更大的欣慰呢？我愿用这些新作品同他们共勉！

我的创作一直在层层深入，这些作品是孤独探险的产物，同时也是沟通的产物。这两种反向的运动是同时展开的。因为我们人类，是这大地上的高级灵物，沟通使我们具有无比开阔的视野。在最最黑暗的处所，在举步维艰的险境中，自然母亲那悠远的呼唤传到我们耳中，充满了我们的身心。同我以前创作的短篇相比，这些奇异的故事大概是纯度更高，更具有普遍意义，也更接近核心了吧。它们发生在与死亡接壤的地带，显示出义无反顾和孤注一掷的决心。它们暗示的是：人，可以像这样活在艺术当中。

众所周知，三十年来我所进行的是没有退路的实验文学的实验，国内从事这种文学实践的人非常少，应该是由于它的难度所致吧。要写这类的短篇更是难上加难，因为你必须"心死"，必须有长年累月囚禁自己的毅力，你的精神才不会迸散，身体才不会懈怠。我在此将它们献给爱好灵魂文学的读者，也是为了做出一个榜样，让那些孤独的心灵对自己更有信心，也使他们更有勇气地投入这种匪夷所思的操练。在物欲横流、精神废弃的时代，始终如一地关心灵魂生活的人是时代的先知，自觉地意识到身负的义务是大自然对我们的期盼。不论你是写作还是阅读，只有独特的创新是其要义。

"冰冻三尺，非一日之寒"，相信我的大部分读者都能体会到这些深邃的篇章里所透出的功力。也许我的新作会带动一些新人同我一道前行，我愿做这样的幻想。若如此，那将是我这名老艺术家的最大幸福。

残雪

2013 年 12 月 18 日

目录

鬼屋

已经有好多天了，我一直等着住在五楼的青莲带我到一个叫"乌鸦山"的地方。那是一栋空楼，是快要倒塌的危房，一共有五层，原先是市政办公的房子，我仅仅从那旁边经过一次，是我四岁那一年。我记得妈妈用手指着那些紧闭的大玻璃窗对我说："这是'乌鸦山'！"我脑子里立刻升起无数的疑问，我说："怎么会是山？明明是一栋楼房嘛。乌鸦在哪里？这些窗子关得这么紧，是怕里面的乌鸦飞走吗？"我还要问下去时，身旁的爹爹打断了我，他说："快走，快走！"

后来我们搬家了，搬到了城市的另一端。关于"乌鸦山"办公大楼的情况都是青莲告诉我的。青莲只有十四岁，但已经长成了一名美女，我很羡慕她。她总是皱着眉头对我说："菊花菊花，你怎么还是这么丑，我都不好意思和你上街了。"我知道她在说假话，所以一点都不生气。我们谈论"乌鸦山"的情况有好久了，所有的信息都来自青莲。这些年，我还隐约记得那栋远郊的大楼，但再也没去过那一边。城市太大了。青莲却是每年都要去，因为她舅舅在那里当看门人。

"说是危楼，其实垮不了，几十年都垮不了。里面特别好玩！"她说。

我年复一年地央求她，她终于答应这个星期六带我去那里，她是星期一早上答应的。漫长的五天就在各式各样的猜测中过去了。我特别害怕她改变主意。然而我们终于出发了。

在公交车上，青莲严肃地皱着眉头不说话，不论我向她问什么问题她一律以摇头来回答我。

下了公交车，走在那条土路上，所有的记忆都逐渐地复活了。离办公大楼不远处有口井，当年井水从井口漫出，流到附近的田里。我的爹爹曾用水瓶灌了井水，拿来给我喝。现在水井已干枯了，附近的水田也消失了，成了荒地。

"到了'乌鸦山'大楼，你可不要随便乱问。"

我觉得青莲在小题大做，她要抬高她的身价嘛。

她的舅舅住在地下室，青莲敲了好久的门他都不开。

青莲说他"总是这样的"。她说我们可以先到"乌鸦山"里面去看看。她将那张大门一拍，门就开了。我差不多是被她拖进去的。弹簧门砰的一声关上了，里面什么都看不见。

"青莲，青莲，你在哪里啊？"

我的声音像蚊子叫一样，完全失真了。

"菊花，我在山坳里……你不要慌，抬起脚来走……"

她的回答从远远的地方传过来。我觉得她在我的上方。也许她在五楼，同那些乌鸦待在一块？我遵循她的指示，将脚步抬得高高的。但我觉得自己老在原地踏步，脚下的地板有强大的吸力，弄得我满身大汗。当我泄气地停止努力时，青莲的声音又响起来了。

"菊花，这里有红樱桃！"

她还在我的头上。我又开始用力，我似乎取得了一点成效。地板发出喳喳的破裂声，我很害怕。在家里玩跳马时，青莲做"马"，我从她身上跳过去。每次跳过去时，我老觉得自己劈开的腿将青莲的脑袋削掉了。这种幻觉令我全身发抖。现在我踩在破裂的地板上就是这种感觉。哈，我觉得我已经移动了好几步！我的双臂在黑暗中挥动，我渴望抓到一点什么东西。

有小动物被我踩着了，发出细弱的惨叫，难道是乌鸦？可一点都不像。也许是老屋里的鼠类。

"菊花，你已经到了二楼，到了二楼就要好多了，你的右边有一条坡……你感觉到了吗？"青莲离得近一些了，她在向我喊话。

"我，我好像……有点感觉到了。"

我听见自己的声音恢复了正常。我总共才移动了四五步的距离，怎么一下子就到了二楼呢？既然是楼房里的二楼，又怎么会有一条坡？她在那里叫我高抬腿，用力爬坡。她还威胁我说，如果不用力爬坡，就会"出意外"。于是我开始像机器人一样，高抬腿，放下，高抬腿，放下，再高抬腿……我又在原地踏步了。

脚下的地板在倾斜，我滑倒了，而且一直在滑下去。我滑到什么地方去了？这就是青莲刚才说的"出意外"吗？我的天，我一定快到地狱了吧。啊，停下来了！我站起来，现在可以自由走动了。但我还是不敢乱走，因为心里害怕。

"小鬼，你是来玩游戏的吗？"老男人的声音。

这个人大概是青莲的舅舅。既然舅舅也在这里，那么这里该不是地狱。

"不是。我是来，我是来……"我不知道怎么回答。

"这里还有更好玩的。你看得见我吗？"

"我看不见您。"

"用力看。"

"啊，好像有个影子。您在我右边吗？"

"我在你左边。"

"那我弄错了。我看不见您，老爷爷。您是舅舅吗？"

他没有回答。他不再出声了，也许他已经走了。

他问我是不是来玩游戏的。或许来这里的人都是来玩游戏的？我细细一想，竟然流冷汗了。多么可怕的游戏啊。我就地坐下来，回忆我同青莲之间多年的友谊。

她同守寡的母亲住在五楼，我们家在一楼。我在心里头将她比作郁金香。既不是玫瑰也不是水仙，她就是郁金香。我自己嘛，是最普通的黄菊花。青莲并不承认她是我的密友。她喜欢独来独往，她有时叫我"小菊花"，表示对我的轻视。不过我很喜欢她这样叫我，我觉得有种亲昵的味道，虽然我只比她小一岁。

她并不常常和我玩。我们在一起时总是玩一种最简单的叫"抽百分"的扑克游戏。当我问她在家里玩些什么时，她就干巴巴地回答："要干活，没有时间玩。"她从不邀我上她家，我听人说，她和母亲为一个工艺美术品公司绣花。有一天，我在路上遇见她，我强行揭开她手中的竹篮上盖的麻布，看见了那张令我倒抽一口凉气的绣片。她索性拿出来让我看个够。那是一幅双面绣，一面是深海的美景，一面是万丈瀑布。我一句话都说不出来，只是死死地抓着她举起绣片的手。她生气了，让绣片落在篮子里，打开了我的手。

当我问起她关于绣花的事时，她制止我问下去，满脸的阴云。她说我不懂这种事。我当然不懂。她和她母亲在绣房里究竟是一番什么样的情景？我一点都想不出来。青莲母亲的相貌有点像一只老猴子，她上楼下楼时总是蹑手蹑脚的。我碰见她，她就对我嘻嘻地笑，从来不和我说话。青莲和她妈妈所在的遥远的世界显然是我无法接近的。是不是因为这个，我才如此地崇拜她？

现在她将我带到了这个地方，我和她之间的距离不是仍然像天地般遥远吗？这座"乌鸦山"，好多年里头我对它朝思暮想，我甚至设想过大楼的中间有一棵通天大树呢。结果却是我糊里糊涂就跌到了这个地牢里。这就是我追求的乐趣吗？

我在沮丧中又一次听到了青莲的呼唤。她离得更远了，她好像在天上叫我一样。

"菊花，你上了坡之后不要去采那些樱桃，那种事没个完……你要坚定你的信心啊……"

"青莲青莲！我完了！我去不了你指给我的地方！"

我听见自己的声音就像爆炸一样弹回来，把我的耳膜都要震破了。怎么会这样呢？我用力站起来，一边走一边张开两臂到处摸索。我摸到了一根柱子！我紧紧地抱着柱子，不知怎么激动万分。

"小家伙，你抱着我的腿干什么？你要自己努力！"

老男人的声音从上面传下来。这光溜溜的柱子竟会是一条腿！我的脸在发烧，我憎恨自己的无能。那么，这个人是个巨人。他到底是谁？

"我正好就是青莲的舅舅，我在这里看门。"

他在上面又说话了，他能猜透我的心思。啊，青莲的舅舅是巨人，她从来没向我透露过这一点！我有点放心了，我所在的地方不是地牢，只不过是青莲舅舅住的地下室。先前我们敲了很久的门他都不开，是考验我们吗？奇怪的舅舅。

"舅舅您好！我是同青莲一块来看您的。您能告诉我我在什么地方吗？还有，青莲在哪里？我的名字叫菊花。"

"我听她说起过菊花。你还能在哪里，当然是在我家里。我一般不让别人进来，如果我让那人进来了，他就可以要什么有什么。菊花，你想一想，你要什么？"

"我？我要到青莲那里去！"

我大声说完这句话时，就看到对面出现了一个亮点，像是什么人举着蜡烛在那里走，又像是单独一根蜡烛在空中浮游。我朝亮点移动时，感觉到有人扯着我不让我走。

"舅舅，那是您吗？"

没有人回答我。在黑暗中待了这么久之后，我的眼睛离不开那个光点了。我生怕它消失。忽然，光点变成了向上无限延伸的光柱，有碗口那么粗。啊，原来这里不是什么五层楼房，只是一间巨大的空房。那光柱穿透屋顶，射向空中。我终于移到了光柱的所在。我试探性地将手伸进那光柱，房里立刻响起惨烈的乌鸦的叫声。我吓得连忙将手缩回来了。歇了一会儿，我忍不住又去试探。这一回，我的手伸不进去了，强大的电流将我击倒在地。啊，那些乌鸦！那些乌鸦！我的脑袋要爆炸了。

我失去了知觉。我好久好久才醒过来，听到青莲微弱的声音从远方传来，时断时续的。

"菊花，这里有很多……你来吗？啊……"

她的声音被淹没在乌鸦的叫声中了。我离开光柱，躲到黑暗里面去。我脚下的地板在变化，因为有了那根光柱做对比，我感觉得出来我正在上升。啊，我也许到了三楼的高度了！乌鸦的叫声变成了嘀嘀咕咕，我从未听到乌鸦是这样嘀嘀咕咕，也许它们根本就不是乌鸦？

"青莲！"我听见了自己凄厉的叫声。

我摸不到墙，为什么？难道我不是身处一栋大楼里面吗？大楼即使没有楼层，也应该有外墙啊。我走了又走，还是摸不到墙。而那些乌鸦，全都到我的下面去了。我设想着这个可以自由上下的空房，心里一阵阵激动。瞧我现在走得多么快了啊。青莲青莲，你在哪里？我没有目的，也没有方向。不，我还是有点方向感的，我心中的方向就是避开那根光柱。那么我在绕圈子？也不是，瞧我又升高了，也许有四层楼高了？这只是我的设想，这里没有楼层。

"青莲！"

"不要叫……我快要到了……"

她快要到了。也许，她快要到乌鸦山的山顶了，她的沿路有红樱桃，也许还有栗子，可我这里什么也没有。我虽然和她在同一座山上，但我又在空房子里，这有多么怪。啊，我看见巨人的腿越过了那根光柱，他走过去了，一点声音都没有。

"舅舅啊！"我在喊。

"不要喊，悄悄地！"他说。

整个屋子都发出回音，舅舅的声音像从扩音器里传出来的一样。青莲的舅舅，他是一个多么有威力的人啊。青莲每年都来看这位舅舅，她从未向我透露过她在这里的活动，她真沉得住气。一个人，如果她有一个巨人做自己的舅舅，那会是一种什么样的感觉？我设想不出来。我脑海中忽然浮现出她的万丈瀑布和深海美景的绣片，啊，我模模糊糊地有点理解她了。她属于另一个世界，我呢，只不过是一个轻浮的小姑娘。怪不得我会这么崇拜她！我们那边的邻居没有任何人知道青莲的舅舅是一个巨人，也许对于她来说，这是件见不得人的丑事？在我看来恰好相反，这是一件值得炫耀的事。青莲对事情的看法和我完全不同，她和我们所有其他人都不一样。

我一直在走，我走了多远了？其间我呼唤过青莲好多次，她没有回答。是不是她上到了山顶，就听不到下面的声音了？我脚下的地板又上升了好多，可是看看光柱的上面，我还离屋顶很远，也许我不可能到达那里，那是青莲的地方。青莲的沿路什么都有，花儿鸟儿，樱桃栗子，我的周围只有黑暗。小的时候爹爹将我从这栋房子前面拖走，是因为他知道我不是这块料嘛。没想到这么多年了，我还能重返此地，还看见了巨人舅舅。我想到这里又有点振奋起来了。

瞧，他又在越过光柱！他不说话时，就一点声音也没有。他的脚站在我所在水平线上，他的头部也许在山顶。

"舅舅！"

他没有回答。

我继续在黑暗中漫游。啊，那光柱里头下起了纷纷扬扬的雪花！不，不是雪花，是一些身体极为细小的鸟儿在往下坠落。我听到它们掉在地板上的轻柔的响声，然后它们就跑散了。现在我看不见它们，但是我感觉得到这死屋里头有了生气。它们并没有叫，但我老觉得这里那里有鸟儿的叫声。忽然，凄厉的乌鸦的叫声响了起来，接着光柱消失了，屋里重返死寂。也许是一只巨大的乌鸦，它一共叫了三声。静寂更为可怕，我的血都要凝固了。

会发生什么？

我从空中抓到了一个东西，像是蜥蜴。奇怪，我对手中的这个小动物感到格外亲切，我甚至将它贴到我的脸上。它是活的，这种想法让我感到安慰。有一个活的东西和我待在一块。但是它在我脸上咬了一口，我的脸肿了起来，伤口火辣辣地疼。我舍不得扔掉它，仍然将它握在手里。也许它不是蜥蜴，它的皮肤疙疙瘩瘩的。

有嗡嗡的回音响起，空气似乎在振动，应该是舅舅在说话，但我听不清，一点都听不清。

"菊花，我真高兴……你得到了……"

青莲的声音从极为遥远的上方传过来。我觉得她所在的那个地方已经不是屋子里面了，也许她在太空里。我得到了什么？她是指我手里的这个小动物吗？这是一只凉血动物，握在手里软乎乎的。它没有翅膀，居然可以在空中游走。我决心将它带回家养起来。

一想到回家我就兴奋！啊，青莲，你让我有了多么奇怪的经历啊。我现在很想回家，但是我也很想再遇到一些什么新东西。我最想的还是现在同青莲会合。她不是还在关注我吗？她并不那么嫌弃我。哈，这是第一次，我和她有了共同的秘密。我决定不将"乌鸦山"的事告诉父母。我大概不能同她会合！这好像是她的一个原则：她得在她的地方，我得在我的地方。被咬的这半边脸完全麻木了，我会不会死？小东西又在我掌心处咬了一口，有一点点痛，但更多的是兴奋。这个没有翅膀却可以在空中游走的小东西，如果我把它养在家里，它终日在空气中游来游去，邻居们看了会有多么羡慕！

但是门在哪里？我找不到门，我无法从这里出去！我坐在地板上，手里握着小东西。我在倾听。远远的什么地方传来瀑布落下的轰鸣声，我想象着那水雾连天的景色。

"舅舅。"我向空中说。

"你去过她那里了吗？"他的声音立刻响了起来，伴随着空屋的回声。我感到了那种震动，像轻微地震一样。

"没有啊，舅舅！青莲离我很远！"

"你真是个不懂事的小孩！"舅舅笑了起来。

我所坐的地板在他的笑声中剧烈地颠动。我真害怕啊。

他终于笑完了。我又看见了在空中浮游的那根蜡烛，蜡烛所在之处出现了一张门，我立刻站起来走过去，推开门。门的那边是小小的地下室房间，有微弱的地面的光线从窗户那里透进来。房里收拾得很干净，床上还挂着蚊帐。

当我的眼睛完全适应了时，我就看到房里靠墙放了好多小书柜，桌子上摆着一本翻开的线装古书，旁边摆着一副小小的眼镜。床头柜上也堆着一些线装古书。那么，舅舅并不是一个巨人？这是他的房间吗？为什么我觉得这一定是他的房间？

门"吱呀"一声被推开，戴眼镜的、有着山羊胡子的驼背老人进来了。后面跟着谁？我的天，是青莲！

"我是从另外一头进入大楼的。"她说，"我一回头，你不见了。我在里头玩了一会儿就下来了。我舅舅这里好不好？"

"乖乖，"舅舅将手放在她肩头，"不要问这种问题，不吉利。"

我发现舅舅有着尖尖的红鼻头，模样有点猥琐。

我和青莲又坐上了公共汽车。我心潮澎湃。青莲呢，板着一副没有表情的脸。我忽然想起了小东西，天哪，我在哪里把它扔掉了？我凝视着手心，手心里什么伤口都没有，再摸摸脸颊，也没有伤。我后悔得不行，心里头一片阴暗。

快到家时，青莲忽然对我说：

"那个地方，你想同我去就可以去的。"

她的话立刻让我的情绪阴转晴了。我有了秘密！这是我和青莲之间的秘密！多么好啊！

家园

（一）女儿

　　退休教师远志近来的平静生活被一点小小的意外打乱了。远志老师是受人尊敬的中学地理教师，虽然退了休，桃李满天下，间常还有学生来访问他。他对自己清贫的生活很满意。他所居住的这个教师村并不平静，人与人之间充满了争斗、算计和猜忌。远志老师虽然同大家的关系都不怎么好，却能做到不介入任何一个派别，超然处之。

　　远志老师的老伴常云同他性情相反。她也早就从某单位退了休，但是她在教师村里很活跃，同那些教师和家属关系密切，并且属于其中的一个派别。老伴有时也同远志老师谈论村里那些鸡零狗碎的事，这种时候远志老师往往装作倾听的样子，其实呢，什么也没听进去。远志老师只对那些遥远的事情感兴趣，比如火星上将来可不可以住人，地球上的淡水资源会不会耗尽之类。他有一本剪报，里面都是科技常识。他是一个厌恶社交、喜欢空想的人。退休后有了大把的时间空想，他过得很惬意。他去买菜时穿过教师村，一种畅快的轻灵感便从体内升起，这时他的目光就变得敏锐了。

事情是这样的：教师村里面没有体育活动室，教师们如果想在业余时间打乒乓球或台球的话，就得跑到离得很远的另外一个小区去。于是一群体育活动爱好者就想在小区内建一个这样的活动室。可是这个活动室没地方可建，因为教师村太拥挤了，除非将它建到公共花园里。体育活动爱好者们就正是打的这个主意。常云老太也是属于他们当中的一个。另外一派坚决反对。他们是气功爱好者，每天早上和上午都要到花园里做气功，他们可不愿意破坏花园的格局，这里是他们强身健体的唯一的地方。然而建体育活动室的申请报告还是送到区委去了。

远志老师感到不安的是，一向性格随和的老伴最近好像变了个人。现在她每天谈论这个事，而且一说起另外一派的"阴谋"就咬牙切齿。其实常云老太并不爱好体育运动，也不打乒乓球和台球，她不过是同那些体育爱好者交往比较多罢了。远志老师对于老伴的这种激情感到吃惊。她说着说着居然用了"鱼死网破"这个比喻。

"区里将报告批下来了吗？"远志老师问。

"不知道。我也不关心那种事。"常云老太沉着脸说。

"那么你关心的是什么？"

"老远啊，我和你一起过了三十五年，你就一点都不知道我关心些什么事？你看你有多么自私自利！我每天关心什么？我在乎什么？当然是我和你，也就是我们这个家庭在教师村所处的地位啊！"

常云愤愤地到厨房洗碗去了。远志老师陷入了沉思。

他的确从未想过他如今在教师村处于一个什么样的地位。他不是退休了吗？他的社会关系不是变得比从前要简单了吗？很久以来，他一直想不通老伴常云究竟为了什么要将简单的事弄复杂。她似乎在竭尽全力做这件事。体育活动室到底关她什么事？不过远志老师不是一个苛求别人的人，他尊重常云的爱好。他自己不也有爱好吗？那么，他同老伴在这里处于什么样的地位？他实在弄不清，也从不认为这是一个现实问题。可是老伴认为这是一个头等重要的现实问题！

有人按门铃。那个半老女人是来找常云的，她也是赞成建活动室的那一派的。远志老师想起老伴刚才的责备，就也跟着她一块去了厨房。

常云找了个小凳让邻居坐在厨房，远志老师则站在一旁。

"下午的会议取消了。据说那些做气功的人要来捣乱。"邻居说。

邻居这时看了看远志老师，又说：

"常老师啊，你应该把远志老师也动员起来为我们保驾护航。"

常云听了一愣，然后放下手里的活，说：

"你问问他自己。"

"你们要在哪里开会？要不要我去为你们放哨？"远志老师讨好地说。

他还想说下去，可是常云打断了他。

"老汪，你听到了吧？他就是这种腔调。他呀，从来不认为我们所做的事是正义的。你就不要把希望寄托在他身上了。"

远志老师尴尬地走开了。他把自己关在书房里。他有点忐忑不安。会不会出事？他们会不会让老伴这伙人蒙羞？他听到又有人按门铃，老伴去开了门。三个老女人一阵欢呼。过了一会儿，又有一个人进来了。远志老师决定把自己继续关在书房里。前前后后一共来了六个人。远志老师想，也许他们是到他家里来开会？他住在二楼，他从窗口望出去，的确有几个鬼头鬼脑的人在朝这边探望。远志老师的情绪变得十分阴郁。他想读一读今天的科技报,却有一阵厌倦的情绪向他袭来。这种情形以前从来没过。他将书房的门开了一条缝,凑上去倾听。那些人都挤在厨房里说话。为什么常云不将他们让进客厅?

有一个老女人一边往卫生间走一边大声说:

"常云啊,你家里太沉闷!"

远志老师想,莫非他们竟在讨论他家的家事?这个想法让他吓了一大跳。不过他马上又否决了这个猜测,因为这太离谱了。

老伴常云将那些人送走以后远志老师才从书房里面出来。常云抱怨头痛,正在吃去痛片。远志老师听见她在自言自语:

"这一团乱糟糟的麻,哪一天才理得清?"

她抬起头来看见了远志老师,仿佛不认识他似的将他仔细打量。远志老师有点发窘,连忙说:

"你们打算如何行动?"

"行动?"常云皱起眉头,目光变得茫然了,"我们没有讨论这种事。"

"可是你们不是要建体育活动室吗?"

"对啊。"

"你们是真的要建?"

"是真的。"常云突然提高了嗓音，"可是你不要把这同什么阴谋行动扯到一起！我们不搞阴谋，也不会采取什么行动！"

远志老师悻悻地回到书房里关上了门。他当然不会认为老伴已经发疯了，他感到他的生活中有些事在暗暗地发生，而他没觉察到，他太迟钝了。他坐在书桌旁，看着小相框里那张女儿的照片。女儿已经离开他们五年了，是癌症。照片照得很模糊。可不知为什么，他喜欢这种模糊，这种模糊令他感到亲切，他仿佛在模糊中触到了她的脸颊一样。先前他们有一个女儿，现在没有了。对这事远志老师已经心平气和了。此刻是黄昏，可是在某个地方却有雄鸡在啼鸣，叫了又叫。

远志老师担忧的事并没有发生。教师村里面很平静，做气功的那些人仍旧做气功，体育活动室一点也没有要动工的迹象。不过远志老师在路上和菜市场里感觉到了一些白眼，他认为这些人的白眼同老伴常云有关，同自己无关。他只是这样认为而已，并没有很大的把握。他感到最没有把握的是常云的想法。她和她的那些同伙到底要不要建体育活动室？

老伴常云先前是一位慈祥的母亲，和大部分母亲没什么两样。自从女儿死了之后，她性格中的某种东西就渐渐地显露出来了。至于那是些什么东西，远志老师还弄不太清楚。比如有一天，他看见她同几个邻居坐在花园里的芍药花丛中喝茶，她们放肆大笑，任意采摘那些花儿，将那花坛弄得一片狼藉。后来物业管理部出来干涉，这些半老太婆才一边咒骂一边离开了。常云走出花园，看见远志老师在旁观，就气不打一处来，愤愤地指责他，说他没擦皮鞋，"形象颓废"。这类事常发生。远志老师不想同她吵，就离她远一点，独自沉浸在自己的虚拟世界里。那么，老伴所说的"正义"到底是怎么回事？为什么他一点都听不懂她的话？莫非他自己在这伙人眼里成外星人了？

夜已深，远志老师还坐在书房里。他站起来，轻轻地走到他们的卧室那里，用耳朵贴着房门倾听了一下。老伴正在轻轻地打鼾——她总是睡得很香。远志老师羡慕常云在生活中表现出来的活力和决断力，虽然他并不能完全理解她。有时他也想像她那样去做出判断，但基本上行不通。夜晚的气息从敞开的窗口涌进来，远志老师的思维在此刻特别清晰，有一刻，他甚至觉得自己已经贴近了常云的那个世界。可没有多久他又被推了出来。

那时他们一家三口的生活是多么单纯啊！他们没有钱，最经常的娱乐就是去公园。偶尔一天去两次。公园很大，里面有一座真正的小山。他们一家三口都崇尚自然风景。女儿一直很健康,后来也成了一名教师,结了婚。谁知道一个鲜活的生命会如此脆弱?

远志老师下了楼来到院子里。四周静悄悄的,杨树那边有几只野猫的影子。突然,他发现有一个人站在大树下面抽烟。他走拢去之后才看清那人是他的女婿。

"小龙,你怎么到这里来了?"

"是妈妈叫我来的。她把我叫来,让我在这里等她,可她自己又不下来。妈妈最近是不是有什么烦恼?"

女婿似乎在埋怨,又似乎想打探什么。远志老师听了不太高兴。

"她大概是忽发奇想叫了你来,她自己又忘了这回事。这个时候她正睡得香呢。你回家去吧。"

"这是真的吗? 真有意思啊。"女婿靠近他,远志老师闻到很浓的烟味。他记得女婿以前是不抽烟的,看来他过着一种堕落的生活。

"是真的。可是你不要管她那些事。"远志老师生气地说。

"好吧好吧。我走了。可是有件事,爹爹,我想告诉您。"

"什么事?"

"啊,我忘了,其实也没什么事。我走了,再见!"

他像猫一样悄无声息地消失了。远志老师听见楼上有一扇窗子关上了。难道是她? 她一直在听?

远志老师回到卧室里时，常云正睡得香。他又听到雄鸡在叫，到处都是雄鸡。他想象自己是躺在一个养鸡场里，于是心情就平静下来了。

他醒来时老伴常云已经在厨房里做好了早饭，叫他过去吃。他洗漱完毕就在厨房里坐下来吃饭。

"小龙昨夜来过了。"

"嗯。他总是来走走的。"

"他没有上楼。"

"嗯。"

老伴常云在垂着眼喝稀饭，对这个话题一点兴趣都没有。她显得很专注，似乎正在思考某个很深很复杂的问题。

远志老师吃完饭就出门了，他要去老年人商场买一顶便帽。他穿过小区花园的时候看见做气功的人数大大增加了，几乎站满了整个园子。这些人没有做气功，只是在那里看着前方发呆。远志老师低着头快步走，虽然别人并没有朝他望，他还是感到很别扭。突然，他发现女婿小龙也站在这些人当中。

"小龙，我有话要对你说。"他朝他招手，大声说。

他们一块走出园子。

"什么事，爸爸？"

"你不住在这里，也参加了这里的派别斗争吗？这可不是好玩的！"

"我现在失去了工作，所以加入了气功队，这是个精神寄托。"

"那么，你是反对在花园里建体育活动室的了？"

"对，我反对。"

远志老师感到他的口气很硬，就含糊地说了一句："那好吧。"然后他径自走开了。

他买了便帽回来时又经过花园，看见花园里的人还是那么多，不过他们大家都蹲下来了。一些人手里拿着小棍在地上画，口里在讲解着。远志老师忍不住凑往一堆人当中去观看。那人在泥地上画了一排房子，房子前面有一个花坛，花坛里长出一朵巨大的怪花，将房子的屋顶都遮住了。

"这就是体育活动室。"那人解释说，"我们小区正在发生一种变化，你们出门时有没有注意到小区里有些人的神态……"

远志老师听到这里就赶紧抽身出来逃走了。他回想起自己站在人群中时感到腿脚有些发麻。是不是因为那些人做气功，他们当中有一个"气场"所致？他进了屋，坐在书房里了，可心还在怦怦地跳。他拿起一本科普杂志，竭力将自己的思绪固定在南极的融冰问题上。很快他又走神了，阴郁的情绪侵蚀了他的想象力，花园里发生的事让他感到后怕。那种柔软的动作，那种怪异的表情，那种隐秘的韵律，到底意味着什么呢？很显然小区里头有一个气场，甚至有小区外的人来参加这个气场。刚才他女婿也说了，是为了一种"精神寄托"。远志老师以前没研究过气功，可是他现在感到气功真神奇。他心里有点埋怨常云，他觉得她和这么多人作对是一个不祥的兆头。

"不想做什么，偏偏就有什么落到你头上。"常云探进头来说。

"发生了什么事啊？"

"一个朋友走漏了风声，他们要我去告诫她。"

"你看到花园里的那些人了吗？"

"嗯。小龙打电话给我了。"

"小龙给你通风报信啊？"

"瞎说，这怎么能称得上是通风报信，那么多人在旁边，他又是我的女婿，打电话再正常不过了。你真是有点老糊涂了。"

常云生气地回厨房去了。

远志老师凝视着窗外的天空，他感到小区的氛围越来越陌生了，往日那种舒适的习惯感觉已荡然无存。这种氛围是本来就如此，还是常云导致的？他努力回忆事情的原委。起先是常云在家里谈起修建体育活动室的事，老伴对他的态度心生怨气，他自己则揣摩不透老伴的心思。然后，似乎有一股敌意氛围围绕着他生成了。邻居、女婿、花园里做气功的人们，他们对他都有强烈的排斥倾向。而且他们明白小区里发生的事。远志老师有点烦躁，这在他是很例外的。自从女儿去了之后，他不是已对日常生活看得淡然了吗？也许他太专注于个人的世界，忽略了老伴的存在。女儿去世之后，老伴经历了什么样的精神上的变化呢？他突然有种想哭的冲动，但他用力发出的却是陌生的吼叫。

他走到书架那里抽出一本杂志，那封面上有南极的风景，他的目光停留在那块冰上面。女儿临终时的目光很像这块冰。当时她抓着他的手，他没料到她还会有那么大的力气。当他终于明白过来时，便爆发出了大哭。这本杂志是他从书报亭买来的，买来后他就把它插在书架上，没有拿下来翻看过。现在他翻到当中的一篇文章，这篇文章有个吓人的标题：末日来临前的准备工作。他快速地将小品文读了一遍，感到自己没看懂。这似乎是篇寓言故事，又似乎说的是当前正在发生的事。远志老师感到不耐烦了，他放好杂志，走到窗前。外面冷冷清清的，大概花园里的集会已经散了。他听到小区外面的大马路上有卡车隆隆地开过。他第一次对小区的地理位置产生了不满。这个小区虽大，却被夹在两条大马路之间，其中一条还是繁忙的高速公路，小区被污染的程度可想而知。当然到了夜里这里就安静下来了，所以他从前也没觉得有什么不便。

老伴常云在女儿最后的时刻没有哭，她显得异常冷静。在远志老师的记忆中，她似乎在女儿去世之前就把她当死人对待了。那该需要多么坚强的意志啊。女儿死后她有时在半夜哼哼，远志老师觉得她的心脏受了损伤。他们从葬礼回到家中，是常云使得他重新振作起来的。她就像什么事也没发生过一样操持家务，她有时也提到女儿，就好像她还活着一样。现在呢，远志老师早就淡忘了往事，恢复了正常生活，常云却变成了另外一个人。远志老师感到世事真是莫测。此刻她在客厅里大声打电话，似乎是同已回到家中的女婿通话。

"我们这个小区有这个基础，你不觉得吗？你说得对……要积极投入社区活动……你那么一行动啊，认识就清楚了！区里的批示早就下来了，我们还在搞平衡……好，好，我们随时相互通气。"

远志老师听到了常云打电话，他在心里想，女婿不是已经成了个内奸吗？会不会很危险？是常云将他拖下水的吗？或者更糟，是小龙将常云拖下水的？女儿活着的时候，他就对这个小龙有看法，他感到他城府太深，捉摸不透。他看上去是个热情的人，但有时你会觉得他飘忽不定。远志老师有点羞愧：他怎么以阴暗的心理去揣摩别人呢？他已经老得不成样子了吗？

不知为什么他隐隐地感到，这一切都同女儿的死有联系。人一死了就烟消云散了，那么他或她生前的种种联系会发生什么样的变异？远志老师的目光又落在那本杂志的封面上，他同那块南极的冰交流着内心的感受，他几乎可以将那感受说出来了。但是那只是幻觉而已，他说不出，永远说不出，冰块在嘲笑他，他心中有轻微的慌张的感觉。

"老远不同意。"老伴在厨房里说。

远志老师听出是她的那些同伙又来了。

"不同意也要执行。"一个粗喉咙的老女人说。

他们的房间本来就隔音效果极差，所以隔壁厨房里的讨论听得清清楚楚。远志老师满心沮丧。老伴她们那一伙，还有女婿，都对他筑起了铜墙铁壁。即使女儿又回来了，也未见得能改变他目前极其孤立的现状。他的思维里头一定是有一个过不去的坎，使得他再也听不懂别人的话。

"有人说我们建体育活动室是一个阴谋。其实我们又并不会真的动手去建它，我们只不过是向区里交了申请。哈哈哈！"那说话的恶意地笑起来。

远志老师琢磨不透她的意思，他的思维被抛在了荒原上。他想，他现在不会再满足于思考月球上的事了，因为他自己的立足之地都有危险了啊。

那天夜里，远志老师下楼去散步。老杨树后面的变电间有人在那里敲门。当他走过去时，敲门声就停止了。他看了又看，并没有人。他凑近那张门，没料到脚下踩塌了什么东西，居然掉下去了。他摔在泥地上。幸亏这陷阱不算太深，但它也不算浅，所以远志老师只好待在洞底等别人来援救。他顺着洞壁摸索了一圈，估计这洞有一间小房子那么大。

他等了好久，还是没看到一丝光。外面应该早就是白天了，他一直在喊"救命"，但没有人听见。到后来，他的喉咙嘶哑了。他决定不再连续叫喊，而是隔一段时间叫两声，以保护声带。

他叫累了，就靠着土壁打起了瞌睡。朦胧中看见常云的身影，离他有两米远。他闻得到她身上熟悉的气息。

"你来了啊。"他说。

"嗯。我来救你。"她的声音有点变化，比平时含糊。

"可是现在连你也上不去了。我们要不要喊？"

"不要喊。小龙总会发现我们的。"

"你怎么下来的？直接往下跳吗？"

"对，就是直接往下跳。"

远志老师心里充满了对老伴的感激。

"要知道，"常云继续说，"如果少了你，我们同小区的'气功派'就达不成平衡了啊。我心里一急，就狗急跳墙了。"

原来是这样。事情的发展又回到了起点。可不知为什么，远志老师感到自己的内心正在透出光亮，那里已经不像刚才那样漆黑一团了，虽然他对小龙是否会很快赶来并无确信。

"那么，你同小龙打电话了吗？"

"没有。我一发现这里有个洞就跳下来了。"

"常云，你记得我们刚刚搬进教师村时的情景吗？那时这里还很荒凉，周围都是菜地，小区显得像个独立王国，我在夜间醒来，听见水塘里有蛤蟆在叫，我心里就在想，这一辈子都会待在这个地方了。一晃三十年就过去了，我们还在这里。这三十年是怎么过去的？你不觉得有些事在暗中起变化吗？比如这个洞，先前哪里有这样一个洞？"

"我不觉得事情在起变化。这世上，许许多多事情都是突然发现的，何况一个小小的土洞。冷不防……哼，我见得多了。"

尽管老伴的语气冷冷的，远志老师却逐渐兴奋起来。他的思绪飘到了久远的年代。那个时候，他曾计划同他的学生们搞一次长途旅行。他们在一块查地形，搜集资料，反复讨论路线，可是到头来却没有实施。为什么呢？因为那个计划节外生枝，越来越庞大，越来越离奇，每个参加者都充分发挥自己的想象力，提出创新的建议。最后，远志老师一下子醒悟了，感到这个计划实现起来比登上月球还要难，根本没有实现它的条件。于是在一次纠缠不清的热烈的讨论会上，他宣布取消这次旅行。那些学生都疑惑地看着他，怀疑他的神经出了毛病。愣了一下之后，大家忽然欢呼起来，他们明白了老师的深谋远虑。

　　远志老师坐在洞底的枯叶上，往事一件接一件地在他兴奋的大脑中回放，他的心底正在透出越来越多的光。他很想向常云诉说一下，可是她似乎不感兴趣，她的心思在另外的事上头。那时他有一个学生，这个学生热衷于用望远镜观察城市的住宅群，他告诉他说那些住宅群正在形成某种图案，他向他描绘了那个潜在的图形。远志老师感到他说的有道理，只是觉得他有点不务正业。虽然觉得他不务正业，可又每次急于想听他说出新的信息。所以在好长一段时间里，一架旧望远镜将这一对师生秘密地联系起来了。

　　"新人有新办法！"老伴突然说。

　　"你说什么？谁是新人？"

　　"就是我们，我们是新人，我们有新办法！"

常云的语气显得很激动，但远志老师一点都不懂她的意思。尽管不懂，老伴自信的语气却使得他心里轻松起来了。她不是一点都不将眼前的困境放在心上吗？她不是特意跳下来救他了吗？她当然是胸有成竹的。

　　远志老师站起来了，他开始来回踱步。

　　"你说得对，我们要有一种新生活。"他说。

　　"我们已经有了。"常云的语气里有责备。

　　"那么是我太迟钝了。我想举个例子，比如我掉下来了，我待在这里没人来救我，我会有些什么举动？"

　　远志老师说完这句话之后，脑子里突然变成了一片空白。他会有些什么举动？他刚才有过了一些什么举动？他回想不起来了。过了一会儿，他听见常云在半空中说话。

　　"你跟着我上来吧。"

　　他摸到了那架梯子。他出洞口时，赶紧闭上了眼睛。常云牵着他回到了家里。

　　掉进土洞的事发生后的第五天，远志老师的一个学生来看望他了。他就是当年用望远镜观察城市的那一位。

　　他坐在书架下面，翻看那本用南极的融冰做封面的杂志。远志老师看见他的目光正在同那块冰对视，不由得打了个冷噤。

　　"我走过的地方太多了，"他说，"多得都记不清了，可是这些地方都构不成图案。老师，您还记得当年那个图案吗？"

"我记得的。"远志老师的声音有点哽咽。

学生从包里拿出那架简陋的望远镜放在桌上，说送给远志老师。然后他就匆匆地告别了。

远志老师用望远镜朝着窗外看。他看到了他们小区的花园。花园里没有人，各式各样的花朵正在怒放，中央的那个喷泉正在喷水。一些白鸽落在小广场上，天空蓝得十分可爱，还有一架银色的飞机在那里飞。这的确是他的小区，但远志老师觉得他的小区没有这么漂亮，而是比这差远了的一个旧小区。他将望远镜放回纸盒，将纸盒收进抽屉。这时他才发现自己一直在流泪。

（二）常云老太

半夜，常云老太从她和远志老师的卧室里溜出，蹑手蹑脚地来到了厨房。厨房里没有窗户，白天都得开灯，常云老太隐没在彻底的黑暗之中。她喜欢这种黑暗，这种无拘无束。自从经历了"白发人送黑发人"的悲剧之后，常云老太决计过一种自由自在的生活，不再将自己束缚在小家庭的圈子里了。她要将过去的一切全忘掉，重新做人。有时她也感到诧异，怎么能够从五十八岁开始重新做人呢？现在坐在这黑暗中一回忆，觉得倒的确像是那么回事。她不是参加了社会活动吗？她不是成了社区里举足轻重的人物了吗？当然这"举足轻重"是他们这些老头老太自己定义的，但常云老太就是这样认为的。人在世上，究竟什么事是举足轻重的，各人的看法都不一样。

在彻底的黑暗里，往往有亡灵来同她会面。常来的是一个小个子姨妈，雪白的头发，尖尖的皱脸。她喘着气，用一方小手巾抹汗，那手巾散发出蚊香的味道，怪怪的。不知哪来的一束光照着她。

"常云，你住得真高啊，我爬楼爬了整整一上午。"

"您见到小桔了吗？"

"没有！怎么会见到她？她不是死了吗？"她嗔怪地说。

"啊，我明白了。对不起。"

姨妈口中念叨着什么，弯下腰去系鞋带。常云老太看见她的背脊好像断了一样，就忍不住伸手去摸她。她一伸手，姨妈就不见了。四周又恢复了黑暗。不知为什么，那个时候连老鼠也不来了，白天里它们倒是猖狂得很。常云老太倾听着外面的猫叫，心里感到踏实起来。

这一回，她坐了好久，谁也不来同她会面。她听到远志老师在房里打鼾。也许是那声音使得鬼魂不敢进来。送走女儿之后，远志老师的变化不是很大，常云老太有段时间还暗暗为此感到怨恨呢。坐在这黑地里，她感到自己有点可笑：仅仅因为女儿走了之后丈夫没有像她一样"重新做人"就对丈夫生气，这样的人世界上应该不多。不过远志老师比较迟钝，似乎完全不知道她为什么而生气。

远志老师还有一种令常云老太生气的举止，就是近来他老用一架望远镜从书房的窗口看外面。那架望远镜是他从前的学生送给他的。常云老太以前见过那个学生，是个鬼头鬼脑的人，走路连声音都没有。她站在阴暗的走道里被他吓坏过一回。这破旧的教师村有什么好看的？远志老师用望远镜在找什么东西？他不会干违法的事吧？常云老太放心不下，趁他不在家拿出望远镜，对着窗外观察了一会。她一无所获。窗外隔着小花园就是对面那栋楼，墙面很旧，那些阳台全是看熟了的，一点新鲜玩意儿都没有。再看地面时，就发现了一些东西。可是她说不上来那是什么东西——是一些动物，还是一些影子？密密麻麻的，令她不安。她放下望远镜再去看时，地上却光光的，什么也没有。一连好几次，常云老太看到的都是同样的东西，它们在窗户下面涌动着，涌动着，仿佛要兴风作浪。接下来她就不去碰那望远镜了。

常云老太想着这事心里又有点不安——那架不祥的望远镜不是还在书房的书架上面吗？她所看到的肯定是幻象，是那个学生捣的鬼。但远志老师为什么对这幻象如此着迷？她这个丈夫，对于现实的生活一点兴趣都没有，脑子里想的全是那些缥缈的事。或许在她没有觉察的情况下，老头子也在以另一种方式"重新做人"？常云老太不能进入远志老师的境界。

　　自从投入教师村里的社会活动以来，常云老太渐渐发现了生活中有一些各种各样的黑洞。前不久，她和远志老师还掉进了其中的一个，就在变电间的旁边，那么深。后来还是女婿将他们救上来的。一般来说她都能预先发现那些黑洞。它们有的在楼梯间旁边的墙上，有的在灌木丛中，有的在一栋楼的墙根，还有的更稀奇，就在某个人的脸上。当常云老太发现那人脸上有那种黑洞时，她就同那人疏远了。常云老太现在思考着这个问题："会不会有掉进去上不来的事发生？"这时她听到老伴在卧房里说话，老伴说："到一山唱一山的歌！"常云老太忍不住笑起来。

　　她起身回到卧房，然后用力推醒了远志老师。

　　"老头子，你在哪里漫游？"

　　"在那一大片沟壑里头。"

　　"我问你，你的望远镜究竟是用来看什么的？"

"就是瞎看吧。其实也看不清。"

"我倒觉得你什么东西全看到了。"

"也许吧。"

远志老师一会儿又入睡了。常云老太却一直到天快亮还在躲避那只斗鸡，她的额头被它啄得血迹斑斑。

常云老太问邱老太：

"小区的野猫是不是太多了呢？夜里出去散步踩着了它们，叫得让人毛骨悚然啊。"

"是啊，那些猫。但是总不能将它们都送去做绝育手术吧。我们这样的模范小区，它们也有份的。"邱老太说。

"你说起话来像我家老远一样。"

"什么意思？"邱老太红了脸，很生气。

"我没有别的意思，我是说你们心怀宽广，仁慈。"

常云老太向她做了这种解释之后心里觉得很不舒服。邱老太是来常云家开会的。她们五个人坐在她的厨房里讨论小区的体育活动如何开展，常云老太不知怎么的却说起野猫来了。她从大家的眼神中看出没人喜欢这个话题，不由得后悔自己的多嘴。其实她不是想说野猫，而是要由野猫扯到另外一个话题上去。望远镜里头看见的情景始终令她不能释怀。

远志老师不在家，最近他学乖了，每次常云告诉他她们要在家里开会他就躲了出去，免得老伴嫌他，将他当作靶子。小区的事务很快讨论完了，几个老太却坐在那里还没有要走的意思。她们这几个人是自发地组织起来管理小区的日常事务的，没人委任她们，她们也收不到一分钱报酬。她们是发起人，后来又有几个老头来参加了。大家称这个组织为"委员会"。委员会并不管理卫生安全绿化之类的事务，这些都由物业管理处负责。委员会对自己的定位是"活跃社区生活"。常云老太知道远志老师对社区的事务不感兴趣，也知道每次在家里开会，他就装出一副有兴趣的样子。他一出现，老太老头们就将他扯进他们的圈子，问三问四的，好像要弄清他对委员会的态度，又好像要讨论他和常云老太的家务事一样。

"远志老师不同我们玩了啊？"邱老太问常云。

"他最近要攻克科学上的难题。一个人的退休生活必须有兴奋点。"

邱老太却认真地叹了一口气，一下子情绪高昂地说了一大通。

"退了休，并不等于退出了社会，对不对？所以我们要发言！修建体育活动室的报告送到了区里，区里也批下来了。活动室要建！有阻力，各类人意见不一，靠什么来解决问题？关键在于我们委员会的凝聚力。我们一共有十二个人，有的还到了风烛残年，可是我们是这个教师小区的灵魂！已经决定了的事是不会改变的，我们要有信心，按部就班地进行我们的工作。在这个死水一潭的地方要做出成绩来很不容易……"

在她说话的时候，另外几个老太偷偷溜走了，只剩下常云站在那里。常云也并没有倾听，她在想她的心事。邱老太忽然转向了她：

"野猫群是社区活力的标志。"

"嗯。"常云老太点点头，"你要不要看看我家的望远镜？"

"啊，你在同我开玩笑。我不看你家的，我自己家里有一架。"

邱老太离开她家之后，常云发现远志老师在狭小的饭厅的墙上挂了一个脸谱。那并不是京剧脸谱，看上去有股妖气，还有股杀气，分不出是男是女。远志老师是从哪里买来这个宝贝的？常云老太心里涌出不祥的感觉，她想不出丈夫的用意。这种脸谱，太邪恶了。按理说，远志老师是不会喜欢这种东西的，如今一切都乱套了。常云老太越想越生气，就将那脸谱取下来，收到橱柜里去了。

因为房门没关，有人没敲门就进来了。是楼上的一个中学生。

"奶奶，我是来向您借望远镜的。只用半个小时。"

"可是我们家没有望远镜，你听谁说我们家有？"

"这楼里的人说的。看来弄错了。再见！"

常云老太想，真是没有不透风的墙啊。接着她又想，自己为什么老在生气？为什么她周围的人都不生气？这种生闷气的生活可不是她想要的新生活。她想要的新生活是自由自在，每天哈哈笑几次。常云老太想到这里时又忍不住去了书房，她拉开抽屉一看，望远镜已经不在了。她又在书房里找了找，也没找到。

"老远啊，这下你这个退休地理教师出名了，都知道你有一架望远镜，好几个人找我借呢！"常云老太用筷子敲着菜碗边说。

远志老师一愣，停止往嘴里送饭，吃惊地看着老伴。

"是你告诉他们的？"

"我没有，嗯，我只同邱老太说过一次。嗯，有可能是她去散布的消息。"

"没关系。让他们去眼馋好了，我才不借呢，我藏起来了。"

常云老太注视着老伴自得的神情，回想起这一阵他那些不公开的活动，忍不住笑了起来。

"老远啊，你也很不容易啊。小区里有没有人在跟踪你？"

"怎么会呢，我一点都不引人注目嘛。我现在有些理解你的工作了。我们小区里酝酿着风暴，对吗？"

"嘿嘿。"

常云老太有些发蒙。远志老师这种口气是她不熟悉的。他这个呆头呆脑的中学老师，怎么一下子变得这么伶俐了？常云老太先前对丈夫很不满，现在又有点嫌他过于冒进了。他怎么这么快就对她的活动"洞若观火"了呢？她在心里说："老远啊老远，你真是突飞猛进啊。"

远志老师一边收拾饭桌一边说：

"依我看，你们这些'台球派'啊，干脆同那些'气功派'的人亮明你们的观点吧，告诉他们体育活动室一定要修在花园里，让他们另外找个地方去做气功。区里领导不是已经指示了，说你们的方案可行吗？"

"可是我们并不是想要赶走他们。"

"那你们……要干什么？"

"哼，不干什么。"

看着丈夫茫然的目光，常云老太很高兴。远志老师口里念叨着什么走进厨房，放下碗筷，洗了手，机械地转过身向书房走去。常云老太感到丈夫好像灵魂出窍了似的。她记起老远一早就提着个篮子出去买菜，一直买到快中午了才回来。他在干什么呢？莫非他在同"气功派"的人接触？他早就有这个想法，最近还说起过。唉，她的新生活真是一团糟啊。

为了清理一下自己纷乱的思绪，常云老太爬到了顶楼的平台上。这些灰绿色的房屋都挨得很近，房子与房子之间的绿化区十分狭小，而且大树很少，整个小区给人旧麻麻的印象。唯一的亮点便是那个社区花园了。现在那花坛里开着菊花，长势还不错。花坛边上的槐树叶子也很茂盛，因为春天里物业人员给它们施了化肥。当然，这是虚假的繁茂，不过总比光秃秃的要好吧。常云老太见过不少小区的绿化带，大都是光秃秃的。到底有些什么东西在小区的地下暗中涌动？常云老太想象着无数的蜥蜴从花坛里爬出的情景，心里一阵阵发紧。那些做气功的人早就回去了，但常云老太知道，花园里的一草一木都饱含着那群人的气息，显露着同他们交流过的痕迹。常云老太很妒忌他们。她也很喜欢花草和树木，她并不愿意毁掉这社区唯一的花园，将它变成建筑群落。可是她和她的同伙一起在做的不就是这件事吗？不，不对，他们并没有开始做。他们给区里的申请报告不过是虚张声势罢了。

太阳懒洋洋地晒着大地，常云老太仰望天庭，心中发虚。

"奶奶，您也来做气功了吗？"

是那中学生，他靠在屋顶的女儿墙上，好奇地看着她。

"还有别人在这里做气功吗？"

"是远老师。原来您还不知道啊。"

"那么，他借给你望远镜了？"

"嗯，不过没有什么好看的。"中学生撇了撇嘴。

"你看到什么了？"

"我看到黑屋子里一些人在开会。"

中学生跳起来跑下楼去了。常云老太心里乱糟糟的，很难受。

这意想不到的变故使她有点害怕起来。这样看来，老远终于有了自己的新生活，他也开始投入社区活动了。不过却是以这样的一种方式——偷偷地加入了"气功派"！不错，她的女婿也加入了"气功派"，但女婿是忠于她老太婆的，他不断给她传递消息。现在老伴竟成了内部的奸细，这种事谁能料到？

她昏头昏脑地走到楼下，也不知怎么就来到了花园里。她看见有一位大汉蹲在树下写毛笔字。毛边纸很长，毛笔很粗，他写得很起劲，一点都没觉察到常云在他上面观看。那些字很怪，常云完全不认识。她在心里默记了两个字，打算回去问老远。看了这些古怪的毛笔字后，她感到心平气和了许多。她抬脚要走，大汉说话了：

"据我看，教师村庙小妖风大。"

"哈哈，年轻人，你是我们小区的居民吗？"

"当然是。我一直在关注事态的发展。我在记录历史。"

常云老太的心战栗了一下。她看不清这个浓眉汉子的五官，她觉得他的样子很陌生，完全不像小区的人。难道是新搬来的？她想走开，但她的脚像被粘在原地了一样。汉子正在收起他的笔、纸和砚台。常云老太赫然发现了这人后脑勺上面的黑洞。她头一晕，用双手死死抠住树干。好一会儿她的视力才恢复。

"你，你到底是谁？"她的声音变得很难听。

"常太太，我是物业部的电工小郝啊。我还帮您修过灯呢！"

"原来是你。你刚才说你在记录历史？你还说这里庙小妖风大？"

"我开玩笑说的，请您不要记在心里。我们这种人，不算什么。"

不知为什么，常云老太觉得他话中有话。他不是一个粗人，而且他后脑勺上有洞。他想来搀扶常云，常云感到他的手像冰棍一样，便奋力挣脱了他。于是他退到一边，很委屈地看着地上。

邱老太的身影出现在法国梧桐树的那边，同她一起的有个老头。他俩突然一拐，朝着与常云相反的方向快步离开了花园。他们一定是看见了她才这样做的。常云感到小区的事务变得风云莫测了。

"我们不算什么，请您真的不要往心里去。"

该死的电工还在用刺耳的声音说话。他不近不远地跟随着常云，常云直想破口大骂。她一直走到小区大门那里电工才站住，转身朝物业部走去。一路上，她碰见好几个"气功派"的老头老太，他们都离她远远地就躲避。一会儿她就走累了，而且门口车来车往的，她心里烦，于是掉头往家里走。快到她那栋楼时，她突然记起了一件事：女儿死后，她和远志老师回到家中，电工小郝正是第一个来家中安慰他们的啊。他还特地将她家中所有的电器和线路都检修了一遍呢。她的记性怎么会变得这么不好了啊？她后悔不迭地打了自己一耳光。

"那个电工小郝，你记得吧？"她问远志。

"怎么不记得，一个心地善良的小伙子嘛。"

"我今天在花园里得罪了他。因为他说话不中听。他不过是在练毛笔字，却说自己在记录历史，口气大得不得了。"

"他从来就是那样说话的。"远志老师笑起来。

"原来你早知道他有这个毛病。"常云吃惊地看着丈夫。

"这不是什么毛病。他讲的全是真话。"

"可他又反复强调他自己不算什么。"

"那也没错嘛。"

常云老太疲乏地在桌旁坐下时，那中学生就捧着望远镜盒子进来了。他将盒子放在桌上，说：

"谢谢啊，奶奶！"

但是他并不想马上离开，他的目光在房里找什么东西。常云老太想，远志听到了这个小孩的声音，为什么躲在里头不出来呢？

"你观察到了一些什么？"常云指了指望远镜。

"这架望远镜已经坏了。"他机械地说，突然又兴奋起来，"我用它看来看去的，从来没看到什么完整的东西。要是我是当年远志老师的那个学生，我会大有作为的。我……我会有另外的计划！"

中学生的脸居然涨红了起来。常云老太想：他是多么年轻啊！可是老远为什么不出来呢？

中学生走了好一会，远志老师才过来。

"你们不是常在一块做气功吗？"常云撇了撇嘴。

"只有我一个人在做气功，他在练习使用望远镜。"

"他学会了使用吗？"

"还没有，这需要很高的技巧。这种望远镜。谁也教不了谁，只能自己去摸索。那么你看到什么了吗？"

"我看到了邪恶的东西，从地上涌出来。老远，你是想同我作对？"

"不，我是想帮助你。有时我想，我俩活到这个岁数还没死，很不容易呢。你说是吗？"

"嗯，有道理。"

常云忽然想到，将望远镜送给远志的那个学生，大概是个深谋远虑的家伙。听说他如今住在西北的荒原里。那荒原，是远志和他当年计划要去的地方吗？他们计划了那么久，到处找地图，找资料，最后还是没有实施。那时常云想过，如果他和他的学生们实施了计划中的长途旅行，也许就永远不会回来了。当年的西北人烟稀少，交通不便，人们的脑子里对那种地方充满了浪漫的幻想。

那么，远志是想以什么方法来帮助自己呢？常云老太一直到深夜还在想这个问题。她卷入小区的派别斗争好些年了，起先"气功派"是强势群体，她所加入的"台球派"是弱势。时过境迁，现在"台球派"成了强势，但"气功派"的人数还是占上风。早几天，他们的人站满了整个小区花园，无声地抗议在花园里建体育活动室的规划。常云老太经过时，看见那么多的人站在那里，很是胆寒。她觉得这些人可以将她撕成碎片。老远加入气功运动了吗？他是想在她和那些人之间起一个沟通的作用吗？老远啊老远，真是个书呆子！

常云老太打量着做气功的邻居们，她发现他们全都红光满面，神采奕奕，就连那个慢性病患者也如此。这是气功的功效还是集体活动的功效？从自己的亲身体验来看，她认为是后者。她自己不也是因加入社区活动而恢复了活力吗？现在她把远志老师也带动起来了。在常云看来，老伴处在神情恍惚的状态里已经多年了。在她的想象中，他待的地方是一个灰白的高寒地带，那种地方没有人，只有人的影子。夜间，远志总是深深地隐藏在那种地方，手脚被冻成了冰块。现在这是怎么回事？他居然在顶楼的平台上做气功！还有，他外出的时间也长起来了，有时夜里也出去，像个幽魂一样在小区里晃来晃去。他说他在帮助她开展工作，常云老太却觉得他有可能是迷上了气功。

常云老太走进物业办公室前面的阴暗过道里，她感到有人抓了一下她的手又松开了。用力一打量，发现有人坐在过道的地上。

"不要去，奶奶，那里头空气不好。"居然是那中学生。

"你这小家伙，在这里干什么？"

"我在监听。总得有人监听吧，您说呢？"

常云老太绕过他进了办公室。房里只有电工小郝一个人，他正在用电工刀削一根木棍，见到她就放下了手里的活。

"你心里很焦虑，是吧？"常云问他。

他愣了一下，笑起来。

"我总是这样的。远志老师不也是这样吗？不过昨天他和我讲了那种红雁的事之后，我已经好多了。这是您的充电器，我修好了。"

"谢谢小郝啊。红雁的事？我怎么没听说过？"

"就是一种特殊的大雁，老在从南到北、从北到南地来来回回地飞，一直飞到死！远志老师对这种鸟深有研究啊。刚才我还在想，远志老师真是一个博学的人。我能不能成为他那样的人？我是一个孤儿，可是我一到你们家就有种回到了父母家的感觉。"

他这番话对常云老太震动很大，她又想起他后脑勺上的那个洞。她绕过桌子想去观察他的后脑勺，但小郝也随着转了一下身来面对着她，弄得她很不好意思。

"您，不相信我说的话吗？"他探询地打量她。

"我听不懂啊。你说起一种红色的大雁，那是什么鸟？"

"您过来看。"

他从文件柜里拿出一个相簿，翻开来给她欣赏。他解释说那都是鸟类的照片。他一页又一页地翻过去。可是常云老太没有看到一只完整的鸟。那些照片上大都是一些模模糊糊的痕迹，个别的显出一只脚爪，或者半截喙，但也不完全像脚爪和喙，要努力去想象才发现有点像。当她观看时，小郝就在旁边问她："您对这种鸟类感兴趣吗？"或："您支持远志老师的这种爱好吗？"或："您认为我的摄影技巧怎么样？"

常云老太一言不发。厚厚的相簿终于翻完了，她的情绪也变得阴沉和困顿起来。她看着小郝的三角眼，清晰地说：

"你认为远志老师是什么样的人？"

小郝仿佛被什么东西捅了一下，兴奋起来。

"我刚才不是告诉过您了吗？博学之士，民族的脊梁。我整天都在想，我爱这位老人吗？我会追随他吗？"

"小郝啊，你的愿望是好的。可是你对他了解多少呢？"

"我了解得很少，这是我的弱点。您能帮我加深对他的了解吗？"

"不能。我只能告诉你，你要将全部心思放在这上面。"

小郝惭愧地低下了头。常云老太拿着充电器离开了物业管理处。

"奶奶！"中学生追着她来到了外面。

"我也想培养一个爱好，您看我有希望吗？"他眼巴巴地看着她。

"你不是在使用望远镜吗？"

"可是我进展太慢。"

"不要心急。"

常云老太穿过小区时，看见一些老头正在喂那些野猫。野猫一只又一只地从围墙的那个破洞钻进来，越来越多，差不多有一百多只了。小区夹在两条大马路之间，位于市区，怎么会有这么多的野猫的？很快老头们带来的罐头猫食就喂完了，猫儿们围着老头们叫。一个老头突然哭了起来，毫不害臊地抹着眼泪，擤着鼻涕。常云老太认出他是气功队的组织人，头发花白的大学老师。前几天常云在路上碰见他，他还向她打听什么地方有老年人穿的运动鞋买呢。当时常云认为老头在威胁自己，很生气。没想到这个人心里会有这样多的悲情。常云老太觉得不便久待，离开他们往自己家走去。她快到自己家楼下了还听到那些猫儿叫得起劲。

进了屋，看见老伴远志正在将望远镜收进纸盒。

"你在用它吗，老远？"她有点吃惊。

"你要不要看看？"他重又将望远镜拿出来。

他俩一块来到窗口。常云老太用望远镜朝地下看，她又看见了那些涌动的影子，一波一波的。那到底是什么？她的手在发抖。

"这个旧小区又焕发了生机。"远志老师在旁边说话。

常云帮他收好望远镜，回忆起那位头发花白的大学老师。

"老远，你同金老师熟吗？"她问。

"当然熟。他家快成动物园了。他夫人的样子越来越像猫了，你注意到了吗？也有可能是做气功的效果。"

"那么你呢？你会慢慢变得像鸟儿吗？"

"哈！你到小郝那里时，他向你吹嘘过了吧？小郝的摄影技术不错。他整天无所事事，荒废了自己的才能。"

远志老师将双手放在背后踱步。常云感到自己和他之间突然一下拉开了很远的距离，她看见丈夫在遥远的冰岛上奔跑，口里喊着什么，拼命挥手。她在心里感叹：这个人还能跑得这么快！

"小郝这青年有灵气。他真会抢镜头，一下子就把飞翔的痕迹摄入了画面。按理说，鸟儿飞走之后空中应该是不留痕迹的，可是小郝……他到底是谁？"她的眼瞪得很大。

"物业部的电工嘛。"远志老师笑嘻嘻地说。

"有个地方在打雷。"常云老太听到自己的声音在破裂。

春天里，沉睡的小区苏醒过来了，人人脸上透出压抑着的喜悦。在小路上，老邻居们相见便相互打招呼，口里说着家常话，心里却在说："春天！春天！"

建体育活动室的方案搁置了，"气功派"仍然占据着花园，远志老师的女婿也在他们当中。这个中年男子已经显出沉稳的派头，目光也变得坚定起来了。远志老师和常云老太隔得远远地观察着从前的女婿，两人的思绪都在穿过重重的屏障，企图抵达同一个处所。

"从望远镜里头往这边看，花园里的喷泉喷出的水腾空被一团雾裹住，水花闪闪烁烁的。"远志老师说。

"今天天气真好。又是一年了，老远，我们熬过来了。"

常云老太说话的声音像耳语一般。

鹿二的心事

鹿二在堂屋里用小磨磨糯米。这工作很简单很无聊，可又不得不做，妈妈逼得紧，要用米粉做元宵节的汤圆。他是在工作快要结束的时候听到那个声音的。起先是像从远方开来一列火车，渐渐逼近，越来越响。可那响声总不消停，其间还夹杂了爆炸声。鹿二怀疑是发生了山崩。他反复问自己："要不要跑？要不要跑？"然后他就决心逃命了。他什么都没拿就跑出去了。

村里一个人都没有。鹿二跑过菜土，跑过小桥，跑到了田野里。他一直到跑不动了才停住脚步站在那里喘气，脸涨得通红。奇怪，他跑的时候，响声一直在，仿佛有泥石流在后面追着逼着一般，现在他一停下来，响声也停了。定睛一看，田里有一些人在若无其事地干活。

右边的小马路上也有一些挑着扫帚去赶集的人。而前方的那座山呢，岿然不动，没有任何异样。

磨磨蹭蹭回到家，母亲对他破口大骂，说他将工作做了一半就跑了，都要她来收拾。鹿二心里想，刚才他跑开时，妈妈到哪里去了？他不是扯开喉咙叫了她好几声吗？鹿二不敢问妈妈，想钻到灶屋里去避开她。可她偏偏不放过，跟到灶屋里来。

"你回来干什么呢？死到外面去嘛，啊？"

鹿二一生气，就打开灶屋门到了外面。他漫无目的地走了一圈之后，才想起来上山去察看一下。他想来想去，心里还是觉得这座山里头发生了什么变化。要不他怎么会听到那种声音？

他碰到了背柴火下山的喜宝，他同他打招呼，问他听到什么怪声音没。喜宝爱理不理地瞥了他一眼，说：

"哼，谁去管那种事，那一点都不好玩。"

鹿二终于爬到了那个崖口上。他憋住气，走到峭壁边上，但马上又后退好几步倒在地上了。先前这个地方是两面峭壁相对，隔开三四米宽的距离，如同快刀斩开的一样，几百米深的下面咆哮着山泉。而此刻，对面那堵峭壁不见了，一眼望去只有白晃晃的一片虚无。

鹿二立刻感到了危险。他颤抖着双腿尽快地下山，心一急就绊倒了，干脆就势往下滚了好长一段路才被小枞树挡住，站起来一看，衣服裤子被擦破了好几处。

他很想将他的发现告诉一个人。他在母亲的骂声中剁着猪草，捺着性子等到天色暗下来。这时他才去找放牛娃小齐。

"小齐，你听到了吗？"他急煎煎地问他。

"嗯，听到了。"小齐躲避着他热烈的目光。

"你知道那声音是什么地方发出来的吗？我去看过了，我——"

"我才不管那些事呢！"小齐忽然大吼着打断他的话。

他一扭身回屋里去了。鹿二惊讶地站在那里。

爹爹从天井那边过来了。鹿二这个时候最不愿意看见的就是爹爹，他想躲，可来不及了。

"鹿二又在游手好闲！"他叫叫嚷嚷的，"我们小的时候啊，除了干活还是干活，从早干到晚！像你这么没个定准，将来怎么成家立业？你看，小齐比你懂事吧？"

他俩快走到屋门口时，爹爹忽然又说了句莫名其妙的话：

"鹿二啊，你可不要让我对你的期望落空啊！"

鹿二觉得爹爹是知道那件事的，他不说出来，只是因为为他担忧。爹爹到底忧虑些什么呢？

鹿二睡不着，峭壁上的情景一遍又一遍地在他脑海中回放。如果他当时再往前走两步，将那下面的情形看个清楚，那不就同死差不多吗？都说死就是到另外一个世界去了，鹿二当然不愿去另外一个世界，可躺在床上的他忍不住反复设想掉下去的情景。这时他听到爹爹在院子里同人说话，那人居然是小齐。小齐这么晚了来，一定有重要事。鹿二连忙起床穿衣，走到院子里去了。

可是小齐已经走了，只有爹爹站在那里抽烟。

"小齐真懂事。"爹爹说，"我要有一个他这样的儿子就好了。"

鹿二惭愧地低头站在那里。

"鹿二，你抬起头来看看前面。"爹爹忽然又说。

鹿二迷惘地朝前看。他的前面是那座山，它在夜晚的天空里成了一道浓黑的阴影。忽然，扩大了，几乎遮住了半边天。鹿二渐渐地什么都看不见了，伸手不见五指。他摸索着想回屋里去。

他走到台阶那里时，听见爹爹在幽幽地说：

"鹿二，你要是小齐就好了。"

鹿二回到床上，他开始细想爹爹的话。小齐一直是他的好朋友，他是住在豆腐坊后面的花婶从路边捡到的小孩，他比鹿二大一岁。小齐不爱说话，但说起话来语出惊人，鹿二对他很佩服。比如一天，他俩在外头疯玩，很晚了才想起回家，鹿二担心回去要挨打，小齐就安慰他说："挨打后皮肤就会变厚，以后就不知道痛了。"又比如他教鹿二偷吃家里的鸡蛋，他让鹿二将鸡蛋扔进煮潲的大锅里，趁家里人没注意，捞出吃掉。对于这种做法他总结说："隔几天吃个新鲜鸡蛋，十年后长成一个头等劳动力。"爹爹并不知道小齐的这些劣行，总拿他同鹿二比较，认为鹿二不如小齐有出息。爹爹说要是他是小齐就好了，那意思难道是说，要是他鹿二是个孤儿就"好了"？！鹿二越想越感到震惊。他知道爹爹对他不满，可他又怎能重新投胎，然后再变成孤儿？

说到小齐，鹿二生活中的最大亮点就是同他的友谊。鹿二觉得他同村里的所有小孩都不同，反正鹿二就是喜欢同他在一起。他今天到底是怎么回事？莫非他鹿二揭穿了他心里的一个什么秘密，惹得他不高兴了？山崩是小齐心中的秘密吗？或者更糟，山崩是所有村里人心中的秘密，只能藏在心底，不能说出来？鹿二想着这些烦心事，在床上滚过来滚过去的。最后，在他快要入睡之际，他想到了一个人，这就是花婶，花婶是无所不知的半老妇人，他明天要去试探一下她的态度。

鹿二见到花婶已是三天以后。因为她总是一早就去镇上卖豆腐去了，天黑才回，而鹿二的妈妈又不让他天黑后往外跑。

鹿二满怀心事地坐在屋檐下打草鞋，花婶突然就站在他面前了。

"鹿二要找我？"她笑眯眯地说。

"啊，婶婶，您是怎么知道的？"鹿二马上脸红了。

"你在我家门口留下了脚印嘛。我知道你不是来找小齐的，你啊，就是来找我的！"

她拉着鹿二站起来，将他身前身后看了个遍。

"婶婶？"

"嘘！"

她做了个手势让鹿二跟着她走。他们来到井边。花婶指着井口问鹿二敢不敢往下跳，鹿二说不敢，花婶就笑了。

"好孩子，你还是很不错的，我要告诉你爹爹。刚才我已经看清了，你身上没有包袱，一身轻快，你爹爹不应该为你担心。你回去吧，回去吧，家里有好事情等着你！"

鹿二迷惑地走回家。可是家里并没有好事情等着他。也许那好事情会在夜里出现？他继续打草鞋。打了一会儿，小齐来了。

"鹿二，我心里慌。"他低着头，沮丧地说，"我妈妈来过了吧？"

"嗯，怎么啦？"

"我妈妈对我期望太高，我都快被她压垮了。"

"奇怪，我倒觉得她很通情达理。"

"她是通情达理。但是通情达理的人也有坏处，她让你觉得有压力啊。我们的牛已经杀了好久了，她还让我上山。后来我就看到了不该看的。你知道的。我不想谈论那个。可是我的妈妈，我都有点想离开她了。我想，是不是因为我不是她生的，她就叫我到山上去看那种事？我想啊想的，越想，恶毒的念头越多。"

"你妈妈是个大好人。"鹿二一个字一个字地说。

"当然，当然。还有你爹爹、你妈妈也是。我们不应该离开这些大人，你说是吗？"

当小齐看着鹿二的眼睛问他时，他很不舒服，勉强回答了一个"是"。鹿二想，小齐其实是在谈那件事。他老去山上，早就把那里的地形弄得清清楚楚了。他看到了，就说那是"不该看的"，为什么？

"小齐，你刚才来找我，是为了来说你妈妈的坏话吧？"

"起先是这样。可说到后来，我又觉得她对我很好。鹿二，你今天夜间可以出来吗？"

"我妈妈不会同意。不过我可以翻窗出来，你在院门外等我吧。"

鹿二看着小齐的背影，心里想：这就是花婶说的"好事情"。小齐走了好久，鹿二还在激动不已。

他翻窗出来时，小齐已经等在那里了。小齐戴着一顶草帽，草帽上插着不少羽毛，手里拿着矛。在明亮的月光下，他看起来像个野人。鹿二很羡慕他这身装束，就问他是向谁学的。小齐说是从一本画报上学来的，那画报属于花婶的侄儿。

"没有矛是不行的，因为有豹子。"他说。

他走在前面，鹿二以为他要上山。但他绕了一个大圈。走到油菜地里去了。他俩在无边无际的油菜中间穿行时，小齐隔一会儿又机警地停下来辨别什么声音。这时他就举起那支矛，似乎要刺向空中，但犹豫一下又没刺。鹿二感到奇怪：难道他们有危险？油菜是他们村的主要收入，所以这片地每年都在扩展，鹿二根本弄不清菜地的边际在什么地方。

"小齐，豹子在哪里啊？"

"我刺向哪里它就在哪里。"小齐骄傲地说。

"可你没有刺出去。"

鹿二对小齐佩服得五体投地。他想，小齐一定能够招来豹子！这个念头使他热血沸腾。突然，鹿二望见天空里有一个巨大的人影子在晃动，那影子每晃一下，大地也似乎应和着震动一下，不过只是很轻微的震动。小齐又举起了矛。这一回他是向着天上的那个人影，他的身体也随着那支矛投出去了，可他很快摔在了地上。

小齐一边呻吟一边咒骂。鹿二问他摔着了哪里，他却回答说："倒不如死了的好。"于是鹿二暗自惊叹小齐的心气真高。鹿二最高的纪录也就是从三米多高的大石头上跳下来，他却想上天！鹿二抬起头，看见天还是那片天，并没有什么异样。

小齐慢慢坐起来了，他让鹿二去找他的矛。鹿二很快就在附近找到了，那支矛已经断成了两截。小齐将它们扔到油菜地里，说：

"我不要了，真丢人。在悬崖上时——"

"在悬崖上怎么啦？"

"啊，我想起来了，那种事没什么好说的。"

鹿二很气愤。可是他拿小齐有什么办法呢？小齐是非常傲慢的，谁也没法让他开口说他不想说的事。

"只有矛才能引来豹子。现在没有矛了，我们回家吧。"

他们回到了各自的家里。

鹿二被他爹爹唤醒时天已大亮。

"鹿二，你昨天在油菜地里没听到我唤你吗？"

"没有啊，爹爹。"

"当时我站在另一头，小齐用那支矛瞄准我，我大声叫你的名字，要你制止他。你呢，傻乎乎地站在那里看他遭到惨败。不过这样也挺好，也挺好。你要向小齐学。"

"爹爹，您是巨人吗？"

"什么话！你听鬼怪故事听多了。"

鹿二无精打采地打扫鸡笼子。妈妈在晒豆角，一边干活一边骂他。

鹿二在心里反复念叨："要不要逃跑？要不要逃跑……"

一直到吃晚饭他都没逃跑。他为此憎恨自己。

鹿二又去了那峭壁上。起先他在峭壁周围砍柴，砍完柴，用藤捆好之后，忍不住又爬到那上面去了。这时他看到了那件怪事。他村里那个叫梅花的女孩子正坐在悬崖边上绣花。梅花样子长得不好看，胖墩墩的，但大人们说她是天生的巧手，所以鹿二对她有几分敬意。

"梅花！梅花！"鹿二因为害怕声音在发抖。

梅花不回答，盘着腿稳稳地坐在那里。

鹿二脚一软，坐到了地上。他像狗一样爬着朝她靠拢。

"梅花，你告诉我，那下面有些什么？"

"那下面有三只小绵羊。"她转过脸，一本正经地对他说。

"你往对面看的时候头不晕吗？"

"不晕。坐在家里绣花才头晕呢。这里很好。"

"真没想到。我还以为人人都会害怕呢。"

"怕什么？"

"怕对面的东西啊。"

梅花哈哈大笑。她将绣花绷子放在地上，站起来，面向悬崖那边的虚空，一头扎下去翻了个空心筋斗。她那柔软的小身体优美地在空中舒展开来，鹿二以为她要掉下去了，结果她像被看不见的玻璃弹回来了似的，稳稳地站在他面前。鹿二揉了揉自己的眼睛，仿佛不相信眼前的事实。梅花冲向虚空再翻了一个，又被弹回来了。鹿二甚至听见空气中啵的一响，可能是她碰到了那软玻璃。

"啊，我得回去喂猪了！"

她捡起绣花绷子就跑掉了。

鹿二在那白茫茫的一片当中仔细地辨认。那里面有什么？什么也没有。他只要站起来腿就发抖。唉，没办法。他爬着离开了悬崖。

他回到家里，爹爹叫他一块去出猪栏粪。

他们父子俩站在粪坑里时，鹿二听见爹爹自言自语地说：

"千好万好，不如这粪坑里实在得好。"

父子俩忙碌了一大通，弄得一身臭烘烘的。

洗完澡，洗完头，爹爹坐在砍凳上抽烟，鹿二在想心事。

"鹿二啊，再过几天你就十三岁了，可是我和你妈妈已经老了。这几天我老在想，鹿二生在我们家，会不会对我们不满意？有时候，你妈和我觉得你想远走高飞。

远走高飞是很好的想法，可是村里难道不好吗？你待在这里，会一天比一天觉得这里好。"

"爹爹，我没有想过远走高飞啊。"鹿二惶恐地转着眼珠。

"你是还没想过，可是你迟早会想到那上面去的。"

"我才不走呢，我走出去就会死的。我要留在这里一辈子，和爹爹在一起！小齐也是这样想的。"鹿二热情地说，又因为这热情而脸红了。

爹爹打量了他一眼，并不高兴。

"那么，你到底觉得村里好不好？"

鹿二低下了头，沮丧地说："我不爱做家务，也不爱做农活。"他突然又抬起了头，"我今天看见了一件奇事！哈，是梅花表演给我看的！我要是学会了她那种本领就好了，我学不学得会？"

"没有鹿二学不会的东西。"爹爹的语气变得和蔼了。

"你见过她的表演了？"

"嗯。"

鹿二想，原来这样，爹爹和妈妈认为自己迟早会离开村子。这个念头让鹿二有点慌张，就像关于那崩溃的峭壁的念头一样。这种事，没法去细想。梅花！梅花！多么令人激动的女孩啊……他愿意待在村里。爹爹说没有他学不会的东西，要是他每天练习，也许可以学会梅花那种本领？那种动作，天啦，想一想都头晕！

因为鹿二参加了劳动，妈妈对他和气了好多。晚饭后，妈妈放他出去玩一会儿。妈妈对爹爹说："这孩子一天到晚想往外跑。"

他不知不觉就走到梅花家门口去了。他看见梅花贴在她家大门旁的墙上，她在头朝下"拿大顶"，大概已经坚持了好久了。鹿二停住脚步站在那里观察她。观察了好久，她还贴在墙上。鹿二心里想，学会一门技艺该有多么苦。正在这时门开了，梅花的叔叔出来了。

"你是用不着学这个的，"叔叔对他说，"梅花是女孩子，迟早要嫁出去，所以现在呢，她爱学什么就由着她去。你是男孩子，你爹爹对你的期望高得很。你可要努力。"

叔叔走远了时，鹿二凑近梅花，在黄昏的光线中隐约看见了她额头上的汗。

她命令鹿二："你站开一点，挡着我了。"

鹿二站到她旁边，忍不住问她：

"梅花，你在看什么？"

梅花没有回答。鹿二就绕到屋后去，隔一会儿伸出头来朝这边望一望，他要看看梅花到底能坚持多久。

他一直等到天完全黑了，梅花还是巴在那墙上。这个女孩真是有超人的气力！鹿二又回过头来想自己，感到很灰心。他从屋后走出来，蹲在她旁边，小声问她："你能坚持多久？"

"我每天夜里就是这样睡觉的。"她说。

她的话让鹿二全身出汗了。鹿二脑袋里轰轰作响，他似乎听到梅花在呵斥他，赶他走。他身不由己地站起来离开了。他在路上碰见花婶，花婶"嗡嗡嗡，嗡嗡嗡"地对他说了一大通，他只听清一句："快去，有好事情等着你！"

花婶总是这样兴致勃勃，总说有好事情等着他。上一次她也对他说了这话，后来他就同小齐去了油菜地，他目睹了小齐用一支矛去刺天空里的那个人影。大概这就是花婶说的"好事情"吧。今天又会有什么另外的好事等着他？

鹿二回到黑糊糊的家中，摸进卧房上了床。他刚刚闭眼睡着，就被一道雪亮的闪电惊醒过来。闪电之后竟没有雷声。这时他听到爹爹在隔壁说梦话："鹿二！鹿二！你这个没出息的小孩，怎么还不跑？"接下去又听到爹爹和妈妈都在磨牙，又好像在嚼什么硬东西。

他很害怕。起先他缩成一团不敢动，想继续睡觉，但爹爹的声音越来越大，近乎歇斯底里，要杀他一样。他惊跳起来，穿了鞋就往外跑，跑出门时将门反手一摔，便听到了惊天动地的巨响，似乎整个屋子正在坍塌。

一直跑到合作商店那里鹿二才停下来。鹿二在凉棚下的简易桌子旁坐下来歇气。不知怎么回事他的眼皮立刻就粘上了，他伏在桌上要睡，却又没有真正睡着。他听见合作商店的大门"吱呀"一声开了，从里面走出两个人，他们正在谈话。其中一个居然是爹爹。爹爹和商店老板在讨价还价。爹爹要买那种便宜的烟，要顾老板减价卖两条给他，顾老板不肯，讥笑爹爹，说爹爹是"一条泥鳅"。为什么说爹爹是"泥鳅"？鹿二想不通，再说他也太困了，最好什么都不想。后来爹爹和顾老板就沿着大路走远了。

鹿二终于被一种顽固的、令人烦躁的细小噪音弄醒了。他站起来环顾四周，发现合作商店的大门敞开，里头黑洞洞的。爹爹和顾老板到哪里去了呢？鹿二虽害怕别人会说他有盗窃嫌疑，但还是挡不住诱惑摸进了店里头。但店里并不是没有人，一个女售货员坐在油灯前清点一大堆钞票。

"你是想来偷钱吧？"女孩子看了他一眼，说道。

右边墙上有个巨大的人影在晃动，就像那天夜里鹿二在油菜地里见过的那个人影一样。鹿二看着看着就出冷汗了。

"还不赶快出去！"她厉声呵斥道。

鹿二往下一蹲，然后钻进了陈列柜之间的一个空当，一动不动地贴在那里。他听到售货员在他面前走来走去的，像是在搬那些货物。他甚至闻到了她身上散发出来的刺鼻难闻的汗味。突然，她靠近了他，同他蹲在一起了。她一把抓住鹿二的手，颤抖着小声说：

"小家伙，太可怕了。每夜都这样，他要我死。"

"谁？"

"莫非你没看见？你看见了的！"

"是墙上的那个？"

"是的。你照着我的脑袋捶打几下吧，这样我就不会吓晕过去。"

鹿二朝着他认为是她脑袋的地方给了一拳。他感觉自己的拳头砸在了一团烂泥上，弄得他的手背溜溜滑滑的。他忍不住"啊呀"了一声。

"你在哪里？"他慌张地说。

"还能在哪里？在你身边。你这个小流氓，你来寻死啊？"

她的声音低沉、压抑，充满了愤怒。她用一个石头制品砸在鹿二的肩膀上，鹿二痛得发狂，叫了起来。

鹿二连滚带爬地到了大门外，那门被用力关上了。他刚挣扎着站起来，那女孩就端了一盆水打开门，猛地泼在他身上将他浇了个透。她口里还叫叫嚷嚷地说："再来就砍下你的头。"

他到家时，爹爹也到家了。爹爹拉住他，用打火机照了照他的脸，说：

"我对你改变看法了。"

鹿二在床上翻来覆去地滚了好久还在想花婶所说的"好事情"。后来他就迷迷糊糊地入睡了。他在梦里跑离了村子，朝着油菜地里死命地跑，在他的上方，那巨大的黑影眼看就要压下来……

梅花教会了鹿二"拿大顶"，但鹿二很快就放弃了这门技艺。当他贴墙倒立时，周围的氛围总是变得阴森森的，狂风一阵紧似一阵，飞沙迷了他的眼。而当他从墙上一下来，周围的一切又恢复了正常。他尝试了好多次都这样，他的眼睛也被他揉得红肿起来。"你真是没有用。"梅花这样说他。鹿二也觉得自己确实太差，他心中的希望的火花渐渐熄灭了。

"你看见的到底是什么？"他问梅花。

"我？我从不东张西望。哼。"她自负地回答，"我将来出嫁也好，不出嫁也好，谁能比得上我？"

梅花的话让鹿二吓了一跳，他自惭形秽，万念俱灰。的确，他同梅花，同小齐比起来简直就是废物，他的脸都没地方放。可是像他这样一个废物又能跑到哪里去？唉唉。

"鹿二，你不要'拿大顶'了，你不是个专心的人，学不会。你和我一块上我叔叔家去吧，他家里有你想看的东西。"

"咦？怪了，你怎么知道我想看什么？"

"这种事，瞒得过我吗？"

梅花叔叔的家在油菜地的东边，那土屋只有一层，却半截埋在土里，要从一个阶梯下到他家里。

他俩在那间半地下室似的大屋里站稳后，发现屋里没有一个人。鹿二再仔细看，又发现屋里有人，他们都躺在房里的三张大床下面，此刻正伸出头来看他们呢。就在这时，鹿二听到了隆隆的雷声。刚才他们下来时还是晴天，这么快就变天了！梅花在鹿二的耳边用很小的声音说话，她竭力不让叔叔的三个儿子听到。

"鹿二啊，你知道他们为什么不睡在床上吗？怕被雷劈死呢。这油菜地里打雷可不是好玩的，有一回把叔叔和婶婶的床劈成了两半，他俩被从床上掀到两边。叔叔是老麻雀了，婶婶也是，他俩什么都不怕。可是他们的儿子吓坏了，搞到后来干脆劳动也不搞了，天天躲在床底下等那东西砸下来。我老想，叔叔和婶婶当初把房子盖在油菜地里，是不是故意的呢？要知道没人在这种地方盖房。"

"我们过得很好！你这个多嘴婆不要乱说！"床下的一个小伙子呵斥道。

随着他的话音一落，一声巨响将那些坛坛罐罐啦，油灯啦，碗具啦砸得散落一地。鹿二感到自己的脑袋也被重击了一下，眼前一黑跪了下去。他听到梅花在喊：

"你们瞧！你们瞧！屋顶上砸出了一个大窟窿！"

梅花喊着就爬上楼梯去了，她的身影从那里消失了。鹿二爬起来想跑，有人扯住了他的脚，他扑通一声又跌倒了。是叔叔的儿子。

"你这只阉鸡！"他咬牙切齿地说，"给我好好趴下！"

床底下的那几个都钻出来了，他们命令鹿二闭上眼睛待着不动。鹿二听见他们一个接一个地爬上楼梯出去了。他睁眼一望，楼梯不见了。大概那是个活动楼梯。惊雷一个接一个地又砸下来了，鹿二仿佛到了地狱里一样。一个声音不停地在他心里说："你会死！你会死……"他身不由己地滚到了床底下。好像是，屋顶的瓦不断地被掀走，其中一些零零落落地掉在地上。屋里变得亮堂起来了。鹿二想象着叔叔的儿子们在油菜地里奔跑的样子，不由得十分羡慕他们。这是多么顽强的一家人啊！可他们究竟为了什么要住在这种地方？鹿二突然感到极端疲倦，连害怕也压不住的瞌睡袭来，他变得迷迷糊糊。

有几个人抬起他的身体，他想摆脱却摆脱不了。

"扔下去吗？"

"扔吧！"

他被砸到下面的一团软东西上面。

"鹿二，你要你老爹的命啊？"

"我们在哪里，爹？"他虚弱地说。

"还能在哪里。你这坏蛋，竟然敢从那峭壁上往下跳了。我一直对你不满意，我从来没有料到……"

他听见爹爹的声音越来越细，越来越远。有凉风吹在他脸上，还有鸟在周围叫，很舒服。他坐起来了，他的身上一点都不痛。抬眼望去，金黄的油菜地无边无际，蜜蜂们在花间忙碌。梅花的叔叔的房子在哪里？他站起身来看了又看，没有看到。

面前的一条小路向他显示了回家的方向。

一株柳树的自白

（一）

现在我是一天天枯萎下去了，我的老叶耷拉着，我再也没有兴趣增生新叶；我的外皮枯裂、泛出红色；前天我的树梢上又出现了五片黄叶。就连麻雀和喜鹊也已经把我当死树了，我从它们在我枝头上颠簸的频率就能觉察得出来。先前，我的嫩叶很多，虫子也多，它们来了，一边捉虫一边开会，跳来跳去的，吵开了锅。现在它们就只将我当一个歇脚的地方了。它们飞累了，在我枝头上假寐一会儿，然后就飞走了。这种局面的形成是因为我生不出嫩叶，没有嫩叶，就无法养活那些可爱的虫子。我已经成了可有可无的了。

最难过的时候是黄昏。那时太阳还没有完全落山，园子里很静，栅栏外面偶尔飘过一位老农的身影，"玫瑰园"三个大字在园门上头诡秘地闪烁。只要我稍微一凝神就可以听见哀歌，天上、山上、小河里、地底下，到处都在唱，是为我而唱。我不喜欢听哀歌，可是远方的那个男声每天都不肯放我。他真无礼，即算那是我的命运，也用不着他每天来唱给我听呀。不过他也可能是唱给自己听的，那也还是他的无礼，他不该让自己的歌声传得这么远，这么广泛。哀歌响起时，我只有忍耐，要忍到天黑，天一黑，那人就住口了。

造成我目前现状的根本原因是园丁的行为。去年春天，他在这片草地的当中种下了我。当时我已经是一年生的小树。我一落地就知道了，玫瑰园的土地非常贫瘠，基本上是沙土，存不住雨水和肥料。园丁只是在地表铺了薄薄一层优质土，撒了肥料。所以从表面看去，这里花草繁茂，其实是转眼即逝的假象。我也得到了园丁的照顾，他为我施了一点底肥，并且每隔一天就来给我浇水。我抱着得过且过的想法在这里安定下来，当时我还没有产生生为植物不能在空间里移动的痛苦念头，我只是隐隐地觉得我对园丁的这种依赖不是一件好事。当他挑着水桶出现在园门那里时，我就会激动起来，我的枝叶乱摆动，立都立不稳了。那是生命之水，我越吸得饱，就发育得越好。这个地方，一年才有两三次雨，所以老天是靠不住的，只能靠园丁。我们柳树，赖以生存的主要营养就是通过水来得到，我真想不通园丁为什么要将我移栽到这片沙地里来，有时我甚至设想这是他的一个阴谋。

园丁的脸是没有表情的，我们全都无法猜透这个人心里想些什么。我们草啦，花啦，灌木啦，全都对这个人评价很高。但是只有我对他的看法有些摇摆不定。比方有一天，他在离我很近的地方突然挥起锄头挖下去，他越挖越深，一锄就斩断了我的一束根。我因为疼痛而猛烈摇晃。可他倒好，将挖出的坑重新填回去，拍平，又到别处挖去了。他经常干这种莫名其妙的挖掘，不但伤及了我，也伤及了玫瑰园的其他植物。奇怪的是据我观察，其他植物都对这个人没有丝毫怨言，反而以自己受到的伤害为荣。我在黑夜里听到的议论有各式各样的。

台湾草：我们往往不知道自己内部的系统是如何工作的，虽然好奇，也得不到这方面的信息。是园丁满足了我们的好奇心，即使同他沟通要付出这么高的代价我们也是完全心甘情愿的。

枣树：我最欣赏园丁挥锄的样子。他其实长得很像我的一位没见过面的老公公。我每天都在这里回忆我的老公公的形象，往往在黎明的时候，我眼看就要想出他的样子来了，最后又没有成功。园丁有神通，只要他一挥锄，我就会看见老公公那果实累累的形象，老公公的背后是无边的星空。他有一次挖断了我的主根，那一次是我最兴奋的时候，是我主动用我的根去迎他的锄头的，我把他的锄头看成枣树老公公了。

杜鹃花：他挑水的样子也很好看，他是一个有抱负的人，要不然怎么会选择玫瑰园做我们的家园呢？

蒲公英：这里缺水，我天天梦见水桶，我的绒毛都是在做梦的时候长出来的。园丁真厚道，他的那两只大水桶引得我不断地做梦。有时候啊，我真盼望他一锄将我挖起来扔进他那只空桶里。我听见过路的人说我的绒毛特别多，不像沙地上的蒲公英。他们不知道我的绒毛是同水桶有关。

紫藤：园丁真英俊！我虽然不爱他，但我天天想着他。每次我一想起他，我身体里的色素就增加，我就变得很美。这里也出现过一些长得好看的人，可是像园丁这么十全十美的我还没见过呢。我老想着如何引起他的注意，我的方法一次都没有奏效。不论我变得丑也好，美也好，他根本没注意过。

酸模：一般来说，我们并不适合生长在这种干燥的沙地上。可不知为什么，自从园丁让我们在这种地方扎根之后，我们都觉得再也没有比此地更为合适的家了。有时候，土地的贫瘠对于我们族类来说反而是件好事。为什么呢？只要我们回忆起那种死过去又活过来的感觉，生长力就会回到我们体内。我们听说我们那些居住在潮湿地段的同胞反而并没有我们这么大的生长力。园丁那沉着的背影总是给我们带来力量，他是我们的福音，应该说是他为我们选择了家园。所以有时候，我们听到谣言说，是一股神秘的教派势力营造了我们的家园时，我们简直气得发抖！

还有一些模糊的哼哼唧唧的声音，我无法辨别是从哪里发出来的，但是那些声音更有意味，给我带来更大的不安，也带来更大的好奇心。可以说，是这些暗藏的居民维持了我对生活的兴趣。即使目前，园丁已经很长时间没给我浇水了，即使我在半死不活的挣扎中情绪低沉，可只要听到那种哼哼唧唧，我里面的那些阴影就会退缩，各种各样的愿望又会复活。那是种什么性质的声音也很难说清。在我听来，叙述的成分居多，并不是特地讲给谁听的，但也许只要听到了，就会感到那种特殊语言里头有种挑逗的成分，就像我这样。

　　我想不通园丁为什么要断我的水。我的根还很浅，只是扎在沙土层里，我听说过沙土层下面有优质的黑土，但那是在很深很深的处所。像我辈之流，即使过了十年生长期，我们的根也到不了那种地方。园丁当然不缺这方面的常识，那么他的所作所为是否表示他已经将我放弃？他既然要放弃我，当初又为什么要将我移栽到这里来？在苗圃的时候，我是多么无忧无虑！那时我们都有远大的抱负，我们都盼望通过移栽来实现自己的抱负。有好多次，在暗淡的星光下，我清晰地看见了自己的命运。那个时候我还不知道那是我的命运，我以为那只是一团黑影。后来园丁就来了，他一共来过两次。他是个与众不同的沉默的人，他的汗衫上面有个黑色的标记，但我看不清那个黑色的图案。我被他深深地吸引了，所以他一将目光落到我身上我就疯狂地摇摆。结果可想而知。

　　我随大家一块被运到这里，被安置好之后，我的雄心壮志仍然没有改变。我希望自己长成传说中的参天大树，可以让星星在我的枝叶间做梦的那种大树。在我原先的苗圃里，就有这样一株老柳树，他的枝叶在空中招展，覆盖了整个苗圃。苗圃里的工人都说从来没有见过这么大的树，他们称他为"树王"。那时我一抬眼就看见他，我对未来的所有规划都是以他为榜样，我简直认定了我的未来就是他。园丁将我的梦想全打破了。首先，他将我安置在贫瘠的沙地上，这就延缓了我的生长速度。幸亏他还给我浇水，他给我浇水的期间，我倒长得并不那么慢，大概是渴望有助于生长吧。再说离开苗圃后我对于自己的生长速度更为专注了。然后他就忽然对我断水了，连个过渡阶段都没有。

我至今还记得第一夜的那种艰辛。由于心里存着希望，每时每刻就变成了真正的煎熬。我老是觉得他会在夜里记起这件事来，对我加以补偿。焦渴使我处于睡眠和清醒的中间状态。一个人影来了又去了。这个人穿一件有巨大口袋的长衫，两个口袋里放着两瓶水，他动一下，瓶里的水就发出响声。这个人是不是园丁？我始终确定不了。第二夜也好不了多少，无边的寂静更加促使我想到水，我都差不多发狂了。天上的月亮都令我心惊肉跳，像看见了鬼一样。园里所有的植物都在沉睡，只有我无比清醒。不知为什么，我觉得自己死不了，这个死不了的念头又让我感到毛骨悚然。小时候，树王给我们讲过关于一棵行走的树的故事。我记起了这个故事，于是试着挪动了一下我的根，左边的那一根。我立刻就痛昏过去了。醒来时天已亮。

过了那关键的两夜之后，躁动就渐渐平息了，我有点"认命"了。我说认命并不等于我不再努力改变自己的处境了。而是说，我不再将未来的希望寄托在园丁的恩赐上面了。我觉得他已不会再对我施以任何恩赐了。他经过我面前时板着脸，垂着头。他的肢体语言在说，他已经觉得没必要再帮助我了，我应该自食其力，靠自己的挣扎活下去。这是可能的吗？我们植物的生长离不了水，而这片沙地里不可能有地下水。我们也不能从空气里获得水分，唯一的途径是靠人工浇灌。我当然也想成为传说中的行走的树，我尝试了三次，都遭到了可耻的失败——我不是那块料。我应该如何挣扎？一想这个问题我里面就变得十分混乱，像有个锤子在不断地砸我一样。我眼巴巴地看着园丁从小河里挑来清水，浇灌着这些感恩的伙伴们——他们全是他的崇拜者——而我因为恐惧连叶子都变成了白色。要是一直得不到水，我就只有死路一条了啊，怎么能不害怕？

我就在等死的途中渐渐晕过去了。有一天早上，一只老麻雀唤醒了我。

我对自己还活着这件事感到万分诧异。我的树干里头已经没有多少水分了，我的叶子已掉了一大半，没掉的叶子也在纷纷变黄。我一阵一阵地发晕，我觉得自己一旦晕过去就不会再醒来了。但是我错了。我不但醒来了，而且特别清醒，我的感觉也比以前敏锐多了。在这样一个清新的夏天的早晨，有一只老麻雀在我的枝头上一声接一声地呼唤她失去的孩子，还有什么比这更为动人的景象？我不知道她是如何失去她的孩子的，但她那专属于麻雀种类的略嫌单调的叫声在我听来是世界上最为哀婉的悲歌！我想到的是：啊，我还活着！只有活着的物才能体验到这样的情感啊。我这样想的时候，自己就仿佛变成了麻雀。她每叫一声，我的枝头也应和着她抖动一下，而且我也看到了她脑海里那只小麻雀的形象。

园丁将我和老麻雀的这出戏看在眼里，他在我附近转悠了一会儿就走开了。从他的举动来看，他对我并不是漠不关心的。那么，他是在等待吗？还会有事情发生在我身上吗？我感到某种朦胧的希望出现了，虽然我还不知道那是什么。我暗暗地为老麻雀鼓劲，老麻雀也觉察到了我的存在，她将自己肚里的苦水全倒出来了。终于，她想到了节制，她在我的枝头跳过来跳过去，然后突然展翅飞向了天空。

她飞走了，她把空虚留给了我。我看到园丁在那边狡猾地冷笑。

我的树干炸开了一条长长的裂缝，这裂缝一直深入到了我的中心部位。我就要完全失去水分了，死期已经不远。有时候，清晨醒来，我感到自己轻轻地浮在雾气里。"我"已经消失了，只剩下一小撮黄不黄、绿不绿的叶子。我的思想已经得不到我运行它时最需要的水，所以只剩下了一些莫名其妙的片段和线索。在太阳的暴晒下，我昏头昏脑地叨念着："向左，向右，拐进石窟……"我每念一遍，就感到园丁藏在什么地方朝我打手势，也不知道他是在怂恿我呢，还是在阻止我。

苦难的岁月，可怕的沉沦。玫瑰园不是地狱，但对于被园丁遗弃了的我来说，比地狱也好不到哪里去。

（二）

我又一次晕过去了。这一次很像真正的死亡——并没有痛苦，一瞬间就失去知觉。我最后看到的景象是园丁手持一把钢锯朝我走来。

但是并没有发生被锯倒的事。大雨将我浇醒之后，我发现自己仍然立在草地上。我开始喝水，经过了这么长时间的焦渴，水的味道已经完全改变了！那是我最厌恶的辛辣的味道。怎么回事？啊，真难受，倒不如不喝！我仍然抑制不住，我自动地喝着这天上落下的辣椒汤。

我那萎缩的根须迅速地膨胀起来，我的叶子也在变绿。周围的伙伴们都在欢呼跳跃，激动万分，只有我，全身像被火烧着了一样，产生出那种"生不如死"的痛苦。要是我能移动的话，我一定在地上打滚了。我命中注定了只能在原地受煎熬，只能在疼痛的极限中一次次丧失意识，又一次次重新获得意识。我听见自己在高温中发出的谵语："我倒不如……我倒不如……"

幸亏这场雨没下多久就停了。我在余痛中看见园丁停在我旁边了。他抚摸着我身上那道长长的裂口，阴森森地笑了起来。他的不怀好意的笑声震怒了我，我气得全身猛烈地抖动，几乎又一次丧失意识。他很快就走开了，他在巡视这场大雨对他的植物产生的效果。大家都用欢呼来迎接他，因为雨是老天的馈赠、意外的礼物，只有我的反应同他们相反，我是园子里唯一得不到浇灌的植物。此刻，我的膨胀的根须，我的突然喝饱了水的枝叶都让我恶心。是的，除了疼痛还有恶心。

天黑之前疼痛终于真正开始缓解了，或者说我的根、树干和枝叶都已经麻木了。太阳一点一点地缩进山坳里，空气中弥漫着雨后的清新，不时有一个人影从园门那里飘然而过，那些人手中都拿着一面小红旗。我听到台湾草在我下面议论说，夜间在那边山坡上有一个庆祝会，这些人都是去那里的。"因为这是今年第一场雨啊。"台湾草说，他的语气显得很欣慰。

在渐渐降临的黑暗中，我觉得自己正在明白一件事，这就是，我这辈子不可能再得到大家所盼望的那种轻松和愉悦了，我必须学会在焦渴、紧张与疼痛中获取一种另类的愉快。那种愉快就如同园丁阴森的笑声。我什么时候学会了像他那样笑，我的面前也许就会展开一个更为广阔的视野。

接下来几天的干燥又让我回复到了以前的状态，可是在感觉和思路上我有了一些变化。我可以用"泰然处之"来形容自己。先前，每次看到园丁给他们浇灌我都会产生怨恨，现在我对他的感情一下子变了。我从园丁的形象里看出了很多思维的层次。他背着锄头的样子；他弯腰锄土的样子；他挑着水桶的样子；他浇灌的样子；他积肥的样子；他给大家施肥的样子……我越观察越觉得他有意味，觉得这个瘦瘦的男子心里隐藏了一套一套的魔术，这些魔术都会施加到我的身上，我只要等待，它们就会对我发生作用。

从表面看，这个园子并不茂盛，甚至还有点萧条的味道。植物也并没有很规则的布局，就是随随便便的这里一丛，那里一片。说是玫瑰园又没有玫瑰，只有一些杜鹃、菊花和栀子花。前几天园丁又挑选来两棵刺槐，就栽在我的旁边。他栽好就走了，一直到现在也没有给他们浇水。他俩耷拉着黄黄的叶子，但并不抱怨园丁。我知道这些都只是表面现象，同苗圃不同的是，我们这些植物都对自己的存活有信心。我也不知道这种信心是哪里来的，他们不都是依赖园丁的浇灌吗？万一哪天园丁生病了，或出了意外呢？我也同他们讨论过这个问题，但他们都排除我的这个假设，听都不愿听。说到我自己，现在我也觉得自己会存活下去了。既然我在得不到浇灌的情况下还可以维持到今天，没有理由认为我不能维持下去。啊，我们是一个奇异的园子！很难分辨究竟是园丁的策划还是我们自己的努力给园子带来了一种特殊氛围。

看，刺槐的叶子纷纷脱落，他俩越是焦渴反而越是出汗。我想，等他们的汗出完了，体内变得像我一样干燥了，我就会同他们有共同语言了。他们现在正幻想要成为那种四处游走的树呢。我就是从我这两个同伴的身上看出了园丁的意图。对于这个玫瑰园来说，到底谁是主人？你一定会回答说，是园丁。我原来也这样以为，可是最近我的看法有了改变。我通过观察看出来，园丁的行为其实是任意的，他的思维的层次也不是蓄谋出来的，而是本身就如此。他为什么不给刺槐浇水？那是因为在他的判断中，刺槐就是不需要浇水的。他为什么给我浇了一阵水，后来就停止了？那也是他的看法，他认为我不需要水也可以活得下去（这个看法很可能没有错）。来到玫瑰园这么久之后，我感到前途变得越来越暧昧不明了。篱笆后面阴影重重，干燥透明的空气里有更为透明的鬼魅在游荡。我不需要变成游走的树，我只需要待在原地，等待某种变化发生。变化真的开始了。

我的一束根须在傍晚时苏醒过来，我感觉到它已经深入到了一个陌生的区域，这就是说，辣椒雨的浇灌使它生长了。现在这根须所在的深层土壤里仍然没有水，但是那种坚硬的颗粒状的土质却出乎意料地给我带来一种类似水的感觉。我的末端痒痒的，这是生长的征兆，也是某种料不到的事物要发生的征兆。按我的估计，我的这一束根在短短的几天里头起码往下扎了一米多，完全可以称之为"飞长"，称之为奇迹。好几天没有下雨了，它还在长。那么，我是否正在获取另外一种养料来代替水起作用？"生命之水"的说法对于我来说已经不适用了吗？

深夜里，我听到园丁含糊的说话声，他的声音消失后，一阵细小的、噼噼啪啪的骚响由我自己的身体里头发出来，我的那些灰头土脸的老叶居然闪烁出一些绿色的荧光。这一阵骚响使得我旁边的刺槐也醒过来了，我听到他俩发出赞叹。他俩几乎是异口同声地说道："园丁给了柳树多么大的恩惠啊！"他们的话音一落，整个园子都沸腾起来了，七嘴八舌，模糊不清，仔细听了好一会，才分辨出两个字："焰火"。他们是说我在放焰火。可是我只不过发出了那么一点光，他们为什么如此大惊小怪？

我体内的骚动很快就平息了，我感到空虚，其实，我不应该感到空虚，我不是在生长，甚至在发光吗？园丁不是在暗中支持我吗？可我还是空虚，或许这是因为我盼望下一次再发光？因为我太没有把握？唉，园丁园丁，您可千万别给我浇水啊。我陷入了冥思，我想知道那种看不见的养料到底是什么，我觉得园丁应该知道。他们都羡慕我，我是唯一的在夜间发光的植物，我得到了园丁最大的支持。

黎明之际，我的身体分外空虚，我的叶子在夜间几乎全枯萎了，树干更加发红，那道裂口也更深。我问自己：我会在今天死去吗？除了思维，我已感觉不到自己体内的生命活动，就连那束根须，我也感觉不到它了。篱笆那里被第一线霞光照亮了，园子的轮廓渐渐清晰。有一个声音老在我面前的空中重复这句话："那会是谁？那会是谁？那会……"我很想看清这声音是由谁发出来的，我想既然"它"能发声，就总有个实体吧。但是却没有。声音就由空气的无端的振动而产生，多么恐怖！

园丁挑着水桶出现在园门那里，他停下来朝我张望，他看见我在发抖，然后他就笑了，又是那种阴森森的笑！

他转过背去履行他的浇灌职责，不再管我了。空气中的那个句子还在持续，我听到杜鹃花在小声地说："嘘，那是熊！一只黑熊啊……"

难道是黑熊在说话？我怎么看不见？我要完蛋了吗？

"一只黑熊啊，多么了不起！"杜鹃花还在说。

我想，既然她看见的是了不起的东西，而刚才园丁又向我传送了生命的信息，我就死不了。既然死不了，我还怕什么？那么我也来发声吧。

"哦——嗬——嗬！"

我向着空中连喊了三声！哈，我的声音从这条裂缝中发出来，竟然无比的洪亮，将"黑熊"的声音都盖住了！现在已经没有"黑熊"了，只有我的"哦——嗬——嗬"在空气中一遍又一遍地震荡着。玫瑰园的植物全都在诧异地倾听着。然而我还可以听到杜鹃花吃惊的低语："真是黑熊啊，谁能想得到？"

过了好一会我的声音才平息下来。我回想起杜鹃花的议论，心里又生出恐惧。难道我自己是黑熊？从前在苗圃时，大家都听到过关于黑熊的血淋淋的故事。那一年，黑熊将对面山上的动物全部吃光了，只剩下他们自己，他们就相互残杀……杜鹃花是最诚实的植物，从不说谎的……那么，她说的是事实？按照她的看法，起先空气中那个声音是我发出的，后来的声音也是我发出的。或许园丁早就知情，只有我……太可怕了！太可怕了！救命……我晕过去了。

我醒来了。我当然不是黑熊，要是我是黑熊，园丁早就被我吃掉了。我也不是可以走动的树，我身上可以动的部分只有根须，但也只能依仗生长力往下扎。话虽这样说，我对园丁还是心存畏惧的。刚才他不是又盯了我一眼吗？他假装朝紫藤弯下腰去，实际上那目光射到了我的身上。那种浑浊的目光仿佛来自我的祖先。他在我身上看到了什么？我，奄奄一息的柳树，以不知名的东西作为生存养料的植物，在晕过去又醒过来的挣扎之间苟延残喘的怪物，如果要我自己来看自己，肯定是看不清的。照我的推理得出的结论应该是，我必须通过园丁看我所产生的形象来看自己。我知道他从我身上看出了很多东西，可是我捕捉不到那些东西。当我望着他时（我们植物是用身体来看的），我只觉得那两只眼睛里头的光芒直勾勾的，这种直勾勾使得我很难为情。因为难为情，我就不能坚持看他很长时间，所以也就无法弄清他眼里的我到底是什么样的。我唯一知道的一点就是：这个人始终将我看得很透。他是那种能看透周围事物的怪人。

啊，我多么空虚！此刻，体内的空虚感居然让我发抖了。我抖得厉害，就连我的根须都在深土中颤动，我触到了什么？在那下面有一个东西！我不能确定那是什么东西，它似乎是一动不动的固体，又似乎是一个活体，可以动。我觉得我的根须有了导向，对了，我的根须就是根据那个东西所在的方向延伸着……我触到它了吗？不，我始终没有触到它，但我可以确定它就在那下面。当我的根须用力延伸，产生出这种确信的时候，空虚感就减轻了一点，但我还是因空虚在发抖。

杜鹃花还在那边低语道："真是黑熊啊，谁能想得到？"

她的话刺激了我，我又忍不住发声了："嗬……"

这一次，我的声音传到了很远的地方，我看到园子里的植物都在聆听着。他们不再诧异了，他们显得很专注，而我的声音，居然在空中持续了那么久。

当余音终于消失之际，整个园子里的植物都开始窃窃私语，我听到大家都在说"黑熊"这两个字。也许，他们（还有园丁）都认定了我就是那只凶残的黑熊的化身。可为什么，他们的语气里头充满了那么多的赞赏呢？看，园丁朝我挥锄了，他要毁掉我吗？不，他在帮我松土！他的动作好像在说，空气中也有看不见的营养，可以通过泥土里的间隙抵达我的根部。

就在这个时候，我看见了那株行走的植物，我们园子里的紫藤。紫藤并不是自己用脚行走，他没有脚，他巴在园丁的背上，园丁走到哪里就将他带到哪里。他多么激动！他的全身涨成了很深的颜色，有点近乎黑色了。他那一大把根须在园丁的背后晃荡着，上面还黏着泥球呢。我左想右想也想不出，在那破釜沉舟的一刹那间，他是如何从地里飞出来，巴到园丁背上去的。一般来说我们植物脱离了泥土就只有死路一条，这应该是他为什么没有变成行走的植物，却巴在了园丁背上的原因吧。他一定蓄谋已久，他是我们当中最最盼望行走的植物。想想他从前说过的话就明白了。如今他终于如愿以偿，甚至还超过了他的期待，他同园丁连为一体了。他成了世界上最幸福的家伙了。我想，紫藤能够得逞的前提就在于他知道园丁是不会让他丧失生命的。

园丁在园子里忙来忙去的，而紫藤，既紧张又激动地巴在他背后发抖。我心里对他非常羡慕，可也知道自己不可能获得这种高级待遇。他是藤，我是树，只有藤才能到人身上去，树嘛，就只好待在原地另谋出路了。园丁终于忙完了，他来到紫藤原来生长的地方，将他从背上取下来，重新栽进地里。我听到紫藤发出舒服的呻吟，他此刻一定为自己的冒险感到莫大的自豪。可是我觉得预先就知道了结果，这并不算什么很大的冒险。那么我，我的出路在哪里？

我没有出路，我的出路在于想出一条出路，在于"想"本身。我不是还在想吗？我不是还没死吗？我的根不是比刚来的时候长长了两倍吗？这就是不会行走的植物的优势啊！我要是有紫藤那种技巧，我的根就不可能扎这么深了。咳，我就待在原地吧，我前程未卜，更大的凶险在前面等待着我呢。园丁准备回去了，他回过头来对我会意地笑了一下。他是一个不会笑的人，他的笑容让我想起死人的笑。他就用这种让我难受的方式同我达成了某种默契。

在地底的那里，那个东西又抵了一下我的主根。

外地人

后半夜的时候，气温下降了。菊花缩在被窝里，老觉得有风钻进来。她用被褥将小身体裹得死死的，她的脑袋缩到了被子的中央。有人在厨房里倒水，倒过来倒过去的，那水声让她全身起鸡皮疙瘩。

啊，那些风！门被它们推着，发出吱吱呀呀的呻吟。菊花想，它们就像一些小孩子哭着要进来。外面有多冷？一定结起了厚厚的冰吧。昨天从院子里穿过时，她就已经看见了污水沟里的那些冰。污水沟平时很难看，也很臭，可是一结冰就变美了，像一位冷面的黑美人。菊花想着这些事的时候，寒冷又加剧了，她的心窝里像塞着一团冰。

那人在厨房里叫："菊花！菊花！"他是谁？

他一遍又一遍地叫，菊花一遍又一遍地答应。但是被子将她的声音蒙在里头，传不出去。终于，菊花跳了起来。她摸黑穿好衣，穿好套靴，想过去点灯。但放在窗台上的火柴被弄湿了，也许是飘进来的雪花弄的？菊花听见爹爹和妈妈睡得很沉，在下雪的日子里，他们总是这样的。是谁在厨房里？厨房里一个人也没有，只有水槽里结出的冰在向她阴险地眨眼。透过玻璃望出去，外面很亮，天空呈现一种令人振奋的灰白色。风已经停了。

她推开厨房的门来到屋后。雪很深，将她的长筒套靴淹没了一大半，每迈出一步都很费力。她不敢动了，就停在院子里。这时天空里传来鸟叫。它们一共有五只，和天空同样的灰白色，只是略微暗一点，而天空出奇的亮。它们始终在她头顶上那一块地方盘旋，忽上忽下，像有什么东西吸引着它们，又像是找不到可以降落的地方。它们发出的那种哀鸣是菊花以前没有听到过的。

真冷啊，那些柳树枝全成了冰棍，怨恨地闪着荧光。菊花好奇地想：如果一直停留在院子里，会不会冻僵？菊花小心翼翼地往回走，退到自家门口的台阶上。这时她看见有一只鸟儿坠落下来了，就落在她的面前。菊花弯下腰去抓它，它扑腾开去，她再一抓，抓住了。可她抓住的不是鸟儿，是一捧雪。她捧着雪站在那里，心里想，应该不是梦。再一看，另外的四只"雪鸟"都停在离她不远的地方，正好奇地望着她呢。它们不是灰白色，是那种亮闪闪的银白，将围墙那里的阴影划出一小块白色来。

"菊花！菊花！"那个陌生的声音又在厨房里叫她。

她又听到水响的声音，在碗具里面倒过来倒过去的，多么冷！

她的目光越过围墙看到远方去，那里是河。河水也很亮，同天空里的光融合起来，分不清是河还是天了。也许河水结冰了吧。现在，除了厨房里的这个人的声音隔一会儿叫她一下，四周静得出奇。菊花做手势赶那几只鸟，在台阶上蹦跳弄出响声，但那些鸟根本不怕。

菊花不想回到屋里去。当她的目光停留在河的位置时，她就想起了同弟弟过河的事。那些冰那么滑，他俩溜过来溜过去地玩疯了。接下来弟弟就钻进冰窟窿里头去了。她看见他钻进去的，根本不是失足。那一天，四周也是这样宁静，天空亮得刺眼。她记得清清楚楚。

"她起得这么早，这个小孩心事真多。"

是爹爹在说话呢。菊花感到鼻子已经被冻得麻木了，她回到厨房里。奇怪，爹爹并不在厨房里，那边卧房里传出鼾声，显然他还在沉睡。是谁在模仿爹爹说话？想到这个恶作剧，菊花忍不住笑起来。

然而妈妈真的起了。她到厨房里来烧水蒸饭。

菊花换下套靴帮妈妈烧火。她的全身很快就暖和起来了。

"妈妈，夜里有人在我们厨房里捣鼓。"她说。

"让他们去捣鼓好了，这是你爷爷的老屋。"

菊花看着那些火苗，心里一阵一阵地紧。

这是一个白色的上午，爹爹和妈妈都去河那边走亲戚去了。菊花坐在家里有点无聊，窗外铺天盖地的白雪也看厌了。她拿出几张绣片来端详了一会儿，然后又收好，叹了口气。她脑子里冒出一个念头：去看看那些坟。一般来说，菊花不爱去那种地方。每年到了清明节，爹爹妈妈去挂坟时，她就躲起来了。她害怕。现在她已经十四岁了，当然不会再害怕这类事。但不知为什么，她总也没去过那边。

她走过了两个村子，来到第三个村子，这个村子的尽头再过去三里路就是坟地了。这个村叫蚊村，令菊花想起夏天里蚊子嗡嗡叫的场面。村里没有一个人影，每家都关着门，连狗也没看见一只。再仔细看，每家门前的石板上都积了一层雪。难道这个村子里没有人？还是他们都躲在家里不出门？菊花听到从一些屋子里传出来闷闷的窒息般的声音，是狗发出来的。那些狗该有多么难受！

黑脸的、样子像山猫的小男孩在村尾的一个水洼旁钓鱼，那水洼上结着厚厚的冰。

"你往哪里跑？"他说话时凶恶地竖着粗眉。

"我去坟地看看。"

"你会死。一进到那里面就出不来，会被冻死。"

"瞎说，怎么会有这种事！"

"今年夏天，七宝一个人进去后，再没出来。至少要有三个人一块进去，万一遇上了就可以报信。"

"遇上了僵尸鬼吗？"

"呸！不是那种事，你倒是去不去啊？"

他的表情变得热切起来，仿佛生怕菊花放弃自己的打算一样。

于是菊花就走进那白茫茫的一大片里头去了。开始还能听到闷闷的、狗的呜咽声，后来就什么也听不到了。

她低下头，看见自己的套鞋一步一步地踏在雪里头。接下来她有点恐慌地回头一望，发现自己根本没有留下脚印。菊花犹豫不决地站在那里。她想走回蚊村，但是蚊村已经消失了，她已忘记了村子究竟在哪个方向。幸亏雪已经停了，天上干干净净的，坟就在远处，像一个一个的白色的窝窝头。好多年不见，坟地变成这个样子了，简直是无边无际啊！怎么会有这么多人埋在这里？难道外地人也选择这个地方做他们的墓地吗？菊花回想起男孩的话，她害怕进去了出不来，也害怕被冻死。她觉得他是有意地将自己逼到这里来的。啊，这个恶鬼！

　　她终于来到了那些坟包之间，所有的坟看上去都是一模一样的，弟弟的坟会是哪一座？这个念头只是在她脑子里闪了一闪，她就没去想它了。四周太静了，她很想听到一点声音，但是没有。

　　忽然，在她右边的那块很大的墓碑上，她看到一只肉乎乎的小动物蹲在那里。它是淡红色的，皮肤薄到透明的程度，它的腿脚很细弱，颤巍巍地支撑着太大的身躯。它的头部有很多皱纹，有点像一个小老头。恐惧从菊花的体内退潮了，她完全被这个小家伙所吸引。这个无家可归的小家伙是哪一类动物？是鼠还是蛙？也许它是有家的，就在某一个坟里头，它只是出来散散步，透透气罢了。

　　菊花鼓起勇气去抚摸它，它的皮肤很温暖，像缎子一样。它无动于衷，从半睁开的眼皮后盯着她。不知为什么，它的眼神让菊花想起了爹爹。爹爹是多么寂寞啊。今年夏天，他有意坐在院子里入睡，让蚊子来叮自己，还让菊花把蚊香拿走。后来到了下半夜，她就听到他在唱军歌。

　　也许它是鼠，但是为什么没有尾巴呢？菊花最爱的动物里头有鼠，她曾梦想过自己能够住在村头那间最老的屋子里，那屋子里面和屋子周围到处都是鼠洞，那些小家伙总在忙忙碌碌的。菊花很想听到它发出声音，但它就是一声不响。它的样子显得很怕冷，它应该回洞里去。

她有点冷，她必须活动，让自己的身体发热。她这样想的时候，就看到了一条路。那条路从坟墓间岔出去，通向一个空旷的地方。菊花跑几步，又回过头来看看那小东西，后来她就跑远了，她心里一下子空了。天地间变得很亮很亮，菊花眯起了眼睛，有点难受。她停下来，转过身，她想跑回小东西所在的那坟墓。她跑啊跑的，却始终看不到坟场。看来她是走到岔路上去了，不但看不见坟地，蚊村也不见了。菊花着急起来。这会是个什么地方？在她的记忆中，这里应该是很多水洼所在的地方，水洼再过去就是那些小山了。也许现在水洼都被冰封住了，可是也看不到任何一座山啊。这里就只是一片空地，菊花从未见过这么大的空地，比她刚才看见的坟场还要大。她脑子里没有"平原"这个概念。天空亮得不正常，她的眼睛很痛，没法仔细观察远一点的地方。就在这时，她的前方出现一缕细细的青烟，那烟正在袅袅上升。

她朝那烟跑去。那烟看着很近，但是总到不了跟前。跑了很长一段时间，眼前那个女孩的轮廓就渐渐清晰起来。她是一个同她长得差不多的女孩子，穿着黄色的衣服，正在烧纸钱。她周围的那一大块地上，雪全部融掉了。

地上还有一大堆没有烧完的纸钱。

"喂，你好！你能告诉我这附近有没有村子吗？"菊花问她。

"你是问有没有坟场吧？我告诉你：没有。"

她专注地看着火焰，没有朝菊花望一眼。

菊花想，她是多么有主见啊。自己只要跟着她，就会走到有人烟的地方去的。但是她显然在短时间不想离开。菊花蹲下来，同她一块观察那些火焰。她有点嫌弃菊花的样子，移了移脚步，同她分开一点。过了一会儿，她终于忍不住了，对菊花说：

"如果你想今天回家，你就打错了算盘。"

"那么，你的家在哪里？"

"哼。"

"你同小老鼠住在一起吗？"

"你怎么知道的？啊？！"

她吃惊地瞪着菊花。

"我见过它了！"菊花激动地说，"它真是可爱！你带我去它那里吧，带我去吧！你叫什么名字？"

女孩突然用一根竹签乱挑那些纸钱，着火的纸片飞扬起来，扑向菊花的脸。菊花的脸被烧得很疼，她用衣袖遮挡着往后退。

她闻到一股奇臭，当她站稳了脚跟再看周围时，小女孩已经跑掉了。地上的纸钱散乱着，有的还在烧，大部分都熄灭了。腐臭的味道升腾起来了，大约是那些纸钱里头散发出来的。天还是那么亮，她还是看不清远一点的地方。菊花在纳闷：她到底住在哪里？怎么会这么快就消失得无影无踪？突然，她为自己的胆怯羞愧起来。她想，她也可以像这个女孩一样跑进雪地里去嘛，迷路就迷路，总有办法的。她不是一直在迷路吗？于是她迈开脚步。可是马上她又愣住了：那只小东西蹲在那里。它是不是那同一只？还没容她看清，它就跑向了雪地，它那细瘦的腿子跑得飞快。当然她追不上，可是它也并没有跑远。菊花看见它进了那条沟，原来这里有条很宽的土沟。

菊花蹲在沟边往下看。落满了雪的土沟里除了刚才它的脚印之外，居然还有人的脚印。应该是那女孩。但这是一条死沟，并不通向任何地方，从上面看过去一览无余，就是这么短短的一条，是人工挖掘的。女孩和"鼠"到哪里去了呢？荒郊野地里，居然住着女孩和"鼠"！这个念头使菊花兴奋起来了。她离开土沟，信步往前走。

不知走了多久，光线暗了下来，前方隐隐约约地出现了小山包的影子。小山包下面应该是蚊村，可为什么看去像天边一样远？还有，菊花始终没看到自己踏在雪上的脚印。怪了，刚才那女孩反倒有脚印，连那只"鼠"

都有脚印！她用力蹦了几下，没有用，她踏过的那些雪上还是没留下痕迹。她记得八年前在她身上也发生过同样的事，她后来忘记了，直到这一次才又记起来。那一次他们一家四口沿河在雪地上走，他们是去姨妈家。菊花偶然一回首，看见单单她一个人身后没有脚印。她扯起爹爹的衣角问了又问，爹爹很不高兴地说："小孩子不要到处东张西望。"当时她感到那是一件很严重的事，她怕得发抖。在姨妈家里她一直在抖。她还怀疑自己患有致命的疾病，活不了多久了，家里人对她隐瞒这件事。

天快黑了，蚊村终于到了。菊花居然发现爹爹在一家人家的门口站着，手里拿着一个玉米棒子在啃。

"爹爹啊！"菊花哭喊着冲过去。

"回来了就好，回来了就好。"妈妈从房里走出来说。

他们三人一道默默地回家。一路上谁也不说话。

外面已经黑洞洞的了，他们才吃晚饭。

"菊花，我怎么老看见你的右边脸颊上有只蝴蝶？"妈妈问。

菊花对着油灯看，她也看到了蝴蝶，是黑色的，巴在灯罩上。她摸了自己的右脸颊，心里很不舒服。

"你都想不到，"她对妈妈说，"那种地方根本是另外一个世界了。"

"可能我是想不到。我老了。"妈妈沮丧地说。

因为劳累,菊花立刻就入睡了。可是后来她又醒来了,可能是厨房里那个人弄出的水响吵醒了她。"菊花,菊花!"他在唤她。

菊花很累,浑身都疼,但是她马上就兴奋起来了。

唤她的却原来是蚊村的小男孩。他站在厨房外,脸贴着玻璃窗。菊花走过去打开门。

"你看!"他指着天上。

满天都是那种鸟。有两只飞得很低,就从他面前扫过去,翅膀扫着了他的脸,他忍不住"哎哟"了一声。

"很疼吗?"菊花问他。

"那当然,它们是铜身铁翅。"

"真奇怪。可就在昨天,它们还是雪花,我捉到一只……"

"那是假的!"他厉声说,"你怎么捉得到它们?不可能!这种鸟只有雪天里才来,没人捉得到它们。"

菊花发现他是赤着双脚站在雪地里,不由得很佩服他。她招呼他到厨房里来烤火。他严肃地考虑了一下,说:"也好。"

他俩进了厨房,菊花刚一关上门就听到那些鸟猛烈地撞在门上,发出"哒、哒、哒"的声音,门颤抖起来。

"瞧,我说了它们是铜身铁翅吧。"

菊花在灶膛里点燃了柴火。她看见男孩的脸在火焰里渐渐变得稀薄，她自己的心脏在胸腔里"咚咚"地跳。她用力一挣扎，用蚊子般细小的声音说：

"你很像我弟弟。给我讲讲蚊村的事吧。"

"我们蚊村的事不能对外说的。"

菊花叹口气。她将火拨得旺一点。再一看，一只蝙蝠那么大的黑蝴蝶停留在空中——那是他的脸应该在的地方。而他的双手，在地上使劲地刨，已刨出一小堆泥屑。

"你干什么？！"她吃惊地问，心里害怕了。

"我是它的朋友，坟地里的那一个！你明白了吗？"他刺耳地尖叫着，"你看我的爪子有多么锋利，我是练出来的！"

"啊！啊！"菊花轻轻地喘气。

"那是我们的地方。下雪的时候，我们那里总是那个样子，你看见了。我和它一块蹲在坟地里。你不知道那种地方的好处，你去那里干什么呢？"他的牙齿发出咬啮的声音。

火还没有熄灭，他就离开了。菊花觉得他是不屑于与她为伍。她从门那里伸出头去，看见了银白色的天空，天地间静静的，连柳枝也不抱怨了，默默地悬垂着。

"菊花！菊花！"妈妈边走边叫。

"这是谁来过了？"

妈妈用脚尖点着地上被刨出的小坑。

"是蚊村的。"菊花轻轻地说。

"我明白了。已经这么多年了,他们的后代还不死心!"

"谁?"

"就是那些外地人。那时你还小,你爹爹去蚊村打短工,就结识了他们……可是我说这些干什么?陈年旧事,不说也罢。"

她将锅放上灶,准备蒸饭了。

"我很困,妈妈。"菊花说。

"是啊,你从那边回来就没有好好睡觉嘛。快去睡。"

菊花回到房里躺下,但是睡不着。心里一烦躁,干脆穿好衣服和套靴往外面走。她迷迷糊糊的,听见爹爹在她身后说:

"菊花啊菊花,你要走到哪里去?"

她在敞开的门口踢翻了一张小凳,但她没感觉到,就那样一直走,走出了院子,来到了大路上。她实在是太困了,可在家里为什么就是睡不着呢?后来她靠着大柳树打了一个盹。就在那两三分钟的梦境里,她看见大群银白色的鸟儿纷纷从半空扎向地上的一道阴影,满地鸟的尸体。然后,从尸体堆中钻出了那只"鼠"。她惊醒过来,回到她家院子里。妈妈正在对爹爹说:"就是那些外地人……"

"菊花，你缓过来了吗？"爹爹严肃地问她。

"我困得不得了。那边总是那么亮，睡不着……"她含糊地说。

"你看清楚了吗，菊花？我看见的是黑糊糊的一片，月亮是出来了，可并没照亮什么，你在屋里找什么东西？"

"我找鼠。我要伏在这桌上好好睡一觉。"

她闭上眼，还是没有睡意。她的神经既萎靡又亢奋。朦胧中听见妈妈在厨房里叫她。

"菊花，菊花，它来了！"

菊花跳起来往厨房里快步走去。

"在哪里？在哪里？"她问。

妈妈用足尖点着地上新刨出的一个小坑。

"它那么快就跑出去了。"妈妈沮丧地说，"像一颗弹子！落雪的天对这种动物很有利，在雪地里它们一秒钟内就溜得不知去向了。"

"是那种细细的腿脚的吗？"菊花问。

"是啊。它们是外地人的宠物。尸体都被它们咬得只剩骨架。"

"外面怎么这么亮啊，亮得就像……"菊花打着哈欠说。

"亮得就像一面镜子！"妈妈激动地接着她的话说，"刚才又下了一阵雪。蚊村的那个小孩，他绕着我们的房子走了好几圈了。他走一走，又弯下腰去将什么东西埋进雪里头。他盯着我们的房子看。我看啊，他就是那些外地人的小孩！"

"外地人的小孩怎么啦？"

"菊花啊菊花，为什么你不相信我的话？这不好！"

"外地人的小孩怎么啦？"菊花固执地重复说。

"外地人没有家，整夜在荒野里游荡。"

"我明白了，妈妈，就像那些鼠一样吧？"

"你真聪明，菊花。"

"我困得厉害。"

菊花终于睡着了。

在睡梦里，有很多人来叫过她，她都听见了。她想回答，但发不出声音。爹爹来叫她吃早饭；妈妈来叫她吃中饭；姨妈来叫她吃晚饭；蚊村的男孩来叫她一块去钓鱼；小丸妹妹来找她借绣花线。

她在那几个经常梦见的村子里跑来跑去。她知道那几个村子从来不曾有过，可只要一睡着它们就来到梦中。村子都被白雪覆盖，巨型垂柳的枝条都被冰裹着，天色发暗，整个地区看不到人烟。她的脚步很轻盈，轻盈得使她感到不自在。有一刻她停下来，用手去够柳树的枝条，脑子里闪过这个念头："天马上要黑了。"那冰棍似的枝条使她的身体一阵颤抖，她连忙松了手。她在树下忙乎了一阵，将雪刨开让泥地露出。她是在做记号，心里想着明天再来这里。

她醒来时已经是第二天早上，她闻到柴烟的味道就猛地一下醒过来了。她看见妈妈的脸在她上面。妈妈笑盈盈地看着她。

"昨天，我和你爹又去了那一家。"

"哪一家？"

"就是蚊村的那一家。他对你爹爹说，因为你发现了他们的秘密，所以整个村里的人都迁走了。现在只剩他一家还在那里。你是怎么闯进那种地方去的？"

"你和爹爹早就知道那个地方吗？"

"是啊。有好多年，你爹爹在那边打短工。有时他夜里不回来，就跟着蚊村的人去那边。可他每次走到半路就被吓回来了。这么多年了，他一直后悔，觉得自己丢人。"

"他们全搬走了吗？那一家还在吗？"

"现在那一家也走了。当然还有鼠住在那里。"

"爹爹啊爹爹。"菊花叹息着。

吃早饭时，她不敢望爹爹，低着头吃。

当她吃完了抬起头来时，发现爹爹已经离开桌子了。

"你爹爹想独自去闯一闯。这种雪天，他在家里不安。"

"到哪里去闯？"

"就是你去过的地方。"妈妈笑着说道。

菊花跳起来，奔到房里穿上套靴就向外追去。

爹爹已经走到村尾了，他的身影成了一个小黑点。

"爹爹啊！爹爹啊！"她哭喊道。

爹爹停下来了，在那里等着她。

"哭什么呢？哭什么呢？"他茫然地说。

"您到哪里去啊？"

"去蚊村嘛。"

他耸了耸肩。菊花默默地同他一块走。

走到看得见蚊村的那棵参天老柳树了，爹爹忽然说：

"菊花，你还记得你走过的那条路吗？"

"路？我没有注意，我就那样走过去的，到处都是白茫茫的……让我想一想，对了，烟！有人在烧纸钱。"

"你的记忆力真好，能够记住一件事就不错了。"

说话间他们已经来到了一家的院子里，上次爹爹就是站在这家门口吃玉米。但是现在屋里门窗紧闭，没有人。奇怪的是屋檐下放了两张凳子。"有人知道我们要来。"爹爹一边坐下一边说。

"谁啊？"菊花也坐下了。

"我不知道。但蚊村的事总是这样的。你只要进了村，你的一举一动全在别人眼里。嘿嘿，这下真彻底，连这一家也走了。"

"可是爹爹说有人看着我们。那是什么样的人？"

爹爹没有回答，他在倾听。菊花也学着他的样子倾听。可她听着听着就不耐烦了，因为四周非常静，只有风发出的单调的声音。

菊花站起来，她想到周围看看。当她走到围墙那里时就看见了那男孩。男孩正在往南边跑，像山羊一样一跳一跳的。

"喂——喂——"菊花喊道。

她的声音被风阻断了，男孩没有听见。她回头一望，爹爹不在那屋檐下面了。他正在往屋后走去。菊花跟了过去，心头升起不祥的预感。她看见一团白光照着屋后的狗棚。

狗棚很大，里面有两只老狗，有一只缺了右边的耳朵。它们相互偎依着，惊恐地望着这两个人，簌簌发抖。

"冷啊。"菊花说，她觉得自己就要哭出来了。

菊花和爹爹蹲在狗棚门口时，风渐渐大起来了。狗棚摇摇晃晃，像要被吹走一样。雪花被一股旋风夹带着，冲着他俩而来。一瞬间昏天黑地。

"爹爹，我们走吧！我们走吧！"

他们避到一旁，那巨大的一堆雪压垮了狗棚。那两只老狗既没有跑也没有叫，它们被掩埋了。菊花始终在想："这是怎么回事？这是怎么回事？"

“我们回去吧。”爹爹说。

“还是在屋檐下避一避吧，爹爹。风太大，什么都看不见，要出事。”

菊花哀求爹爹时，爹爹反而笑起来。

“菊花真是多虑啊，能出什么事呢？”

他俩走进大风里头去。有时那些被旋风吹上天的雪倾倒下来，几乎要将他们掩埋。菊花和爹爹就奋力扒开雪，脱身出来。走走停停的，菊花的脸都被冻得完全麻木了。反正什么也看不见，菊花也不看了，就跟着爹爹走。她那昏昏的大脑里只留下了一个念头：“那男孩居然可以在这种雪天里生活在野外……”

“他们是外地人嘛！”爹爹说这话时他们已经在家里了，“外地人同我们很不一样。他们想走就走，想留就留。”

“那么，狗怎么样了？”妈妈眼里有恐惧。

“不会有问题的。”爹爹肯定地说。

菊花回忆起缺耳朵的老狗眼里的神情，不安地在椅子上扭动着。那些人都走了，却将狗留在原地，真是些铁石心肠啊。有人在菊花的耳边悄悄地说：“你只要发现了我们，我们就搬走了……”她吃了一惊，朝爹爹望去，爹爹正在抽烟，他吐出的烟形成了一朵白色的蘑菇云，将他的脸全部遮住了。

菊花收拾完厨房之后回到她的卧房里。卧房很小，有一个窄窄的窗户正对着院子。菊花走到窗口，她简直不相信自己的眼睛。

那男孩赤身裸体地坐在一堆雪上面，用手支着他的头，好像睡着了一样。菊花想，也许他跑累了。

有一些人从院门那里进来了，是些似曾相识的面孔，他们都在眯缝着眼看那白晃晃的天空。菊花听见他们进屋来了，脚步缓慢而沉重，每一步都踩得地上的三合土吱吱作响。菊花想象他们是一些森林里出来的老象。

妈妈站在门口对菊花说：

"外地人来了。"

鲇鱼套

这个地方叫鲇鱼套，是靠近市中心的一片两层木楼，汪妈就住在一栋木楼靠左边的那个房间里。她是孤老，去看望她的熟人也特别少。这地方快要拆迁了，拆迁之后，所有的人都要搬到高楼里面去。人们对拆迁有种惶恐情绪，都在相互打听："住高楼是好还是不好？"只有汪妈对拆迁的事毫不在意。拆迁通告送到屋里来时，汪妈正在整理她那个巨大的泡菜坛子。她抬了抬头，对工作人员说：

"放在茶几上吧。"

然后她用筷子夹起一个鲜红的长辣椒，仔细地码到坛子的底边。接着又码了两块黄灿灿的老姜。

"您对补偿方案有什么意见？"小伙子问道。

"没有意见，没有。你走吧。"

那人像猫一样溜出去了。汪妈低着头忙乎,她将青梅、豆角、小黄瓜、榨菜头等一样一样地放进泡菜坛。她每放进一种菜,就闭上眼想象一会儿她将美味放进口中时的感觉。当然,她并不是光给自己吃,这么大的泡菜坛,她一个人吃不了。瞧,那两个小家伙不是在探头探脑吗?街头的大炮和二炮,两个馋鬼。

　　汪妈从床下拖出另外一个较小的泡菜坛,揭开盖,熟练地夹出一块刀豆。那两兄弟立刻跑过来了。汪妈将刀豆用手撕成两块。

　　"我要这块!"

　　"我也要这块!"

　　"闭上眼!"汪妈严厉地说,"好了,出去吧。"

　　两兄弟一阵风似的跑了。

　　隔了一会儿,又有人在探头探脑。是一个小女孩,叫小萍的。她慢慢地走向汪妈,小眼睛溜来溜去的。

　　"汪奶奶,我想吃红辣椒。有青梅味儿的那种。"

　　"你得先告诉我,捡到了几分钱。"

　　"两分。"

　　汪妈唆使小萍整天守候在糖果店门口,如果有顾客掉下了零钱,立刻用脚踩住,等那人走了再去捡。对于这项游戏小萍乐此不疲,坚持好几个月了。

　　"给你辣椒。"

"谢谢汪奶奶。"

小萍用手握着辣椒，却并不马上吃，也不马上离开。她听大人说汪妈房里闹鬼，她想看到那个鬼，越怕越想看。

汪妈将泡菜坛放进床底下，站起来，转向走进后面的厨房，洗干净手，打算上床休息一会儿。她突然发现小萍站在她床上挂的蚊帐后面，她嘴巴一动一动的，正在一点一点地啃那只酸辣椒。汪妈忍不住一笑，觉得这小女孩真会享受。

汪妈躺在床上，半闭着眼睛问小萍：

"小萍，你将来长大了要干什么工作？"

小萍没有回答。阴暗中，汪妈感到木床摇晃了一下——不对，是地面在摇晃！她猛地坐了起来，下床，穿鞋，往外跑。跑到门那里又停住，回过头喊道：

"小萍！小萍！"

但小萍不在她家里了。汪妈想了一想，又回到了床上。

汪妈看着玻璃窗，窗子左上方的那块玻璃变成了玫瑰色。这是汪妈的一个秘密：每回她一看窗户，那同一块玻璃就变成了玫瑰色。汪妈认为鲇鱼套这个地方有一种特殊的"地气"，这地气不一定影响到别人，但她自己每时每刻都感觉得到。她的泡菜坛是首先享受这地气的。半夜里，她清晰地听到坛子盖边上的封坛水"咕噜"一响，立刻就会闻到泡菜的清香。她幻想着美味的小黄瓜，在这个国家的大地上走啊走啊，一直走到落日坠到地平线以下才停住脚步，隐没在一道长长的黑影中。这种时候，她就会喃喃地对自己说："鲇鱼套啊，我的家乡。"

但是鲇鱼套却很快就要消失了。汪妈想，如果鲇鱼套消失，鲇鱼套的汪妈也会消失，她将成为高楼里的汪妈。这可是一件大事。是因为这，刚才小萍才躲在蚊帐后面的吗？这个女孩几乎是个万事通，什么都懂。

又一个小孩出现了。他先彬彬有礼地敲门，然后轻轻地推开了门。他叫小瑶，他总是这样谨慎，像个小大人。

"汪奶奶，我想念您的小黄瓜，就是有姜味和辣椒味的那种。"

汪妈睡眼蒙眬地看着他，然后弯下腰拖出青瓷坛子，揭开，用筷子夹了一块小黄瓜给他。

他一本正经地吃着，口里发出脆脆的响声，两只圆眼东张西望。

"你看什么，小瑶？"

"我看见小萍进来的，没看见她出去，怎么她不在屋里呢？"

"嗯，这个问题值得好好想想。"汪妈说。

汪妈催小瑶离开。男孩还没走，汪妈的脑袋里某个地方就响起了铃声。她抬头一望，那玻璃上的玫瑰色光晕消失了，屋里恢复了惯常的阴暗。那铃声隔一会儿响一阵，很遥远。

"汪奶奶，是小萍在叫您吗？"小瑶盯着她的眼睛说。

"有可能。你看我有没有忘记什么事？"汪妈的样子有点紧张。

"泡菜坛子都盖上了盖子吗？"小瑶热切地提醒她。

"你真是个警醒的小家伙，可是这一回啊，不是那种事。"

"那我走了。汪奶奶再见。"

他匆匆出门，好像生怕汪妈再问他什么。

汪妈重又躺下了。男孩的提醒令她的耳朵变得很灵光，她大致弄明白了此刻发生在家里的某件事。白天她去买菜时看到了铲土机，拆迁要三个月之后才开始，为什么早早地就开来铲土机？小孩子们大概会很喜欢这种事，如果高楼竣工了，他们会在毛坯房里跑来跑去。

汪妈闭上眼，她觉得自己的思维可以深入到地底五百米处，那里有石英层，石英里有空隙，一些无害气体就聚集在空隙里。她说："鲇鱼套真是一块宝地啊！"她又感到了地震，这一次，她已经完全明白了是怎么回事。这地方的小孩该有多聪明啊，她自己从前可比他们差远了。她不再惊慌，她连眼睛也没睁开，就这样享受木床的摇晃给她带来的惬意。但摇晃并不剧烈，而且很快就停止了。

那块玻璃上掠过一道玫瑰色的光，又还原成了普普通通的玻璃。她听到住在楼上右边的老女人云妈下楼了。她总是那样，下两级，停一停，下两级，停一停。她在楼梯上观望小街上的风景。汪妈想，鲇鱼套的居民全是些观察家，连小孩也不例外。此刻她又盼望再来一下地震，她要看看——她要看什么？难道她不是在胡思乱想吗？但她还是满心盼望，有些事是要等待才能水落石出的。

　　汪妈吃晚饭比平时晚了些，因为心里有件事没放下。
　　她吃完饭，快要收拾完毕时，床底下的地板就响起来了。汪妈心头一热，拿了手电筒去照床底。泡菜坛子的后面，小萍正望着她呢。
　　"小萍，你捡到钱了吗？"汪妈的声音有点颤抖。
　　"没有，不，有的，两分。您瞧！"
　　她举起两分的银币，银币在黑暗中发出白光。
　　"那边的路上行人多吗？"汪妈问她。
　　"就我一个人——其实我哪里都没去，就躲在这下面。我用手摸来摸去的，就摸到了这两分钱。"
　　她慢慢地爬了出来，站起身，说自己要回家了。
　　"下一次我还要来这里捡，这下面的钱比糖果店门口不会少。我有耐心，在那些缝隙里摸呀，摸呀……"
　　"你摸到石英石了吗？"汪妈打断她问道。
　　小萍愣了一下，立刻镇静下来，用力点了点头，说：

"有的，有！石英石，还有花岗岩。大部分都是那些疙疙瘩瘩的湿土。下面怎么会那么湿？"

她不等汪妈回她的话，就急急忙忙地走了。

小萍离开后，汪妈又用手电往床下照了一通。她看见里面靠右的地方好像有个洞，再仔细照了几下，又觉得根本没有洞，地板好端端的。汪妈洗了手脸，又到床上躺着。奇怪，小萍已经走了，木床怎么还在微微颤动？女孩的话让她吃惊不小，汪妈不知她是如何窥破她的隐秘的。她算了算，小萍今年是十一岁。有好几年了，她总来讨要泡菜。她这不是快成她的同谋了吗？她贪恋金钱，汪妈就给她出了个主意，让她去糖果店门口捡钱。她没想到她会到自己床底下来施展她的技艺。那是哪一年？好像是父亲去世的那一年。她在女校读书，按事先约定的，她和她的同桌放学后就往山上跑，钻进了那岩洞。两个人都用手电筒向着崖壁晃来晃去的。那女孩向她热切地说到她自己的理想，她的理想让年轻的汪小姐很吃惊，居然是当一名飞行员。汪小姐觉得她在吹牛皮，因为她这么胆小，连条虫子掉到衣服上都要惊叫，还哭起来，这样的人怎么敢上天？但同桌身体力行地证实了自己的话。因为她忽然跑起来，消失在岩洞深处了。汪小姐左等右等，她却没露面。现在胆小的是她了。她出了岩洞，晕晕乎乎地回了家。第二天她遇到同桌，没有打招呼，垂下眼睛。汪妈很早就明白了自己不是一个勇敢的行动者。

她决心做一个等候者。她就这样等，一直等到了老年，其间也等来过她所向往的一些事物。她从记事起就住在这个木楼里，本来她是做好了永不搬家的打算的，可是现在忽然要拆迁了。她对拆迁这事一开始很漠然，她是慢慢将思路移到这上面来的，因为有实际的事务需要她应对。那女孩没能上天，她成了烧饼铺的老板娘，另外还开一家理发店，可见她的欲望的确比汪小姐高。

小萍所做的这件可疑的事让她想起了从前的同桌。小女孩比汪妈从前的同桌更有热情，男孩子们没有一个比得上她。汪妈早就看出了她的潜力。她自己的床底下怎么会有零钱？她想，小萍在那下面待了那么久，爬来爬去的，迟早会"梦想成真"的。

汪妈深夜才睡着，在那之前，泡菜坛子响了四五次，然而并没发生什么事。后来她走到那个深坑的边上，明知有可能掉下去，还是犹豫不决，不愿马上后退。她倒没掉下去，只听到有人在下面这样说：

"狠一狠心，不就海阔天空了吗？"

后来她就睡着了。不过没睡多久，又醒来了。开了灯，看见房子里有些烟雾，莫非起火了？她穿好衣服和鞋，走到街上，再回转身来看木楼。不，没有起火，只不过楼上云妈的房里有火光，也许她在烧掉一些文件，要拆迁了嘛。汪妈知道有些人愿意将家中的某些旧东西烧光，免得留下痕迹。这云妈必定是那种人。

汪妈无目的地往前走，没走多远，居然看见饮食店门口亮着灯。一张孤零零的桌子旁，有个人正坐在那里，好像是在喝甜酒糟。他埋着头喝得欢，额头上大概已经出汗了。他抬起头时，汪妈认出他是此地的瓦工。深夜里，饮食店里没人，谁给瓦工的甜酒糟？

"汪妈呀，我们的好日子快结束了。我想不通，来饮食店门口坐一坐，有人给我送出来一碗甜酒糟！那个人是谁？我没看清，总不会是鬼吧。这种时候，喝一碗甜酒糟，出一身大汗，什么不舒服都没有了！"

他从口袋里拿出火柴棍来剔牙，眼睛盯着那张门。

"什么叫'好日子'？你对鲇鱼套这地方很满意吧？"

汪妈和蔼地问他时，这位中年汉子就感到了茫然。

"满意？我没想过这种事。我害怕——要搬家了呀。我在这里住习惯了的，害怕是正常的吧？您觉得是不是？"

"不过你除了害怕外，是不是真的不想搬？"

"我？我不知道。我总是在梦里搬家的——搬过来，搬过去，搬过来，搬过去。我忙得浑身冒汗，这是何苦？总算有机会醒着时搬家了，心里又害怕。"

他俩一齐笑起来。汪妈感到那笑声在黑夜里特别刺耳。

瓦工还是盯着那张门，也许他认为还会有人从里头出来给他送吃的,他是那种贪得无厌的人。周围都是黑暗,只有这里有一小块亮。汪妈从瓦工身边走过,隐没到黑暗里。

黑暗里有很多悄声细语,忽高忽低。汪妈看见瓦工从桌旁站起来了,他的身体倾斜着,像要扑向那张门。他喝醉了吗?门吱呀一声响,汪妈所站的角度看不见门开没开。几秒钟后,那瓦工就扑进去了。门口那盏灯随即便黑了。汪妈想,瓦工有可能是看到她走过来了才特意从饮食店出来,坐在那张桌旁的。在拆迁的阴云之下,各种图谋若隐若现。

她绕着小路往家里走,有人匆匆地赶上了她。汪妈就着朦胧的街灯的光线仔细一看,看见一张陌生的脸。

"您认为那里面有很多机缘,会不会越进去越狭窄?"他说。

"你也是做瓦工的吗?"汪妈问他。

"差不多吧。我老是想留后路,但怎么也不能如愿。鲇鱼套这种地方太古老了,到处都是号角声,每个人都得拼命往前赶。"

"你说得对。"汪妈停住脚步,看着这个人点了点头,"拆迁后你有什么打算吗?比如开个瓷砖店?"

"不,不开瓷砖店。我这种人,只适合于卖那种看不见的物品。"

这时汪妈发觉自己又回到了饮食店门口，那张门半掩着，里面黑黝黝的。陌生人在桌子边坐下时，门口的灯又亮了。陌生人显得很累，他的头伏在自己的手臂上，眼睛张得大大的，看着那张门。汪妈觉得他内心在为什么事挣扎。

汪妈下决心回家了。她头也不回地走着，走得很快。

她终于到家了。开了灯，坐在饭桌边休息一会儿。

突然，她感到仿佛有人在外面拨她的门。声音不大，却持续不断。汪妈有点烦恼，本来她已打算再上床睡觉的。

她走过去打开门，看到第二个瓦工站在那里，忸怩不安的样子。

"我想同您谈话，可我又想不出谈什么才好。"

他说话时看着汪妈脑袋的上方。他真傲慢。

"谈你的买卖吧。"汪妈迅速地回应他，"你到底在卖什么东西？"

她没让他进屋。她想，这个青年人太不成体统了。

"我啊，我卖一些旧东西，说不清。每隔几个月，就会有人上门来谈生意。他们丢下一些钱给我。至于货物嘛，就在我的三言两语里面。有时我会有这样的念头：我是不是在出卖鲇鱼套？"

他显得很困惑，两眼发直。

"是啊，莫非你在出卖鲇鱼套？！"汪妈大声说。

瓦工很惊慌,转身就跑得没影了。汪妈捂着嘴笑起来。

她关上门,插好门闩,脑子里如同放电影一样掠过那些镜头。那是地裂的镜头,亮晶晶的石英叮叮当当地从裂口涌出来,全是些小方块。她感到头皮发麻,同时就有了睡意。

这一觉睡到大天亮。醒来后,心里想的还是那瓦工的话。他果真是鲇鱼套的居民吗?她怎么没见过他?这个地方并不大,方圆也就两里路。汪妈昨夜嗅出来了,这个人身上有石英石的气味,那气味当时令她的脊梁骨发冷。她认定这个人不是真正的瓦工。

她起床后,记起楼上云妈夜里烧文件的事。她走到外面朝那上头一望,发现门窗都关得紧紧的。

汪妈在菜市场里选非洲鲫鱼,她用眼角瞟见小萍的母亲过来了。

小萍的妈妈那双手很白,在那些鱼当中抓来抓去的,忽然一下被鱼刺刺到了,惊叫了一声,血从她手背上涌出来。

"啊呀呀!"汪妈说。

她掏出手绢为她包扎。包扎完后抬眼一看,见妇人眼中有笑意。

"汪妈呀,我家小萍打扰您很厉害吧?她是个问题小孩。"

"没有，小萍很乖，从不打扰人。"

"真的吗？我真想看到她在您家里的样子，可她不让。"

"您随时可以来我家的。"

妇人眼里的笑意消失了，她看上去既沮丧又阴郁。汪妈想，她真是个标准美人，小萍一点都不像妈妈。但小萍就应该是小萍自己的样子。

汪妈准备走了，但妇人又问她：

"您愿意去看小萍吗？她就在这菜场后面的门球场里玩一种自己想出来的游戏。我心里有点乱，因为她太上瘾了。"

她俩走到那个废弃了的门球场边上，看见小萍在地上爬。女孩的双眼用一块大手帕蒙住了。汪妈用目光在球场里仔细搜寻，没多久就发现了那些硬币，一共三枚，分别扔在三个角上。小萍慢慢地在场内摸索着，爬动着。

"您瞧我女儿多么有耐心。"妇人忧伤地说。

"可是我觉得您在为她担心。为什么？"

"不，并不是担心。我只是觉得，我觉得，她要去的地方是多么的遥远啊！她会不会半途而废？"

女人用手蒙着脸跑开了。她似乎不那么快乐。她在担心什么呢？汪妈一声不响地看着地上的小萍。小萍已经捡到一枚硬币了。她跪在那里将硬币举起来，硬币在太阳光中耀眼地一闪一闪。那就像一种仪式。

"小萍！小萍！"汪妈唤她。

"嘘，别出声！我在工作呢！"小萍细声回答。

她又聚精会神地爬动起来。汪妈离开门球场往家里走去。

她在家门口遇见云妈，云妈对她说：

"管委会的人又来了。我不明白他们老往我们这里跑干什么。我们都很乐意拆迁——不过是换个地方住罢了。你说是不是？"

"正是这样。拆迁嘛，我是无所谓的。"汪妈说。

"你无所谓？"云妈一下子抬高了嗓门。

她是那样凶狠地瞪着汪妈，仿佛要用目光射穿她一样。

"我是说，我可以搬家的。我，我——这年头，连坟墓里的死人都在搬家嘛。我确实……"汪妈说不出话了。

云妈傲慢地从她身旁走过去了。

汪妈记起她夜里烧文件的事，那时她还是个脸上搽白粉的单身女郎。她住在那上面，从来没看见什么人去找她，可她居然有那么多文件要烧毁。会不会正因为没有东西可以留在身后，心有不甘，就虚张声势地做出烧文件的假象？

汪妈剖好鱼，洗好菜，坐下来休息一会儿。她的手无意中触到自己的口袋，那里面有个硬东西。拿出来一看，居然是塑料薄膜包着的一小包硬币！她将硬币倒在桌上，又发现里面还有一些石英石碎片。汪妈将鼻子凑近去闻，闻到了硫黄的味道。她仔细回忆，确定了只有小萍的母亲在菜场里接触过她的身体。她传递的是什么样的信息呢？汪妈茫然的脑海里显出模糊的石英石的轮廓，她的手因激动而颤抖着。她想，原来母女俩是串通一气的啊！这些硬币晦暗无光，有的上面还嵌着污泥，一点也不吸引人，完全不像小萍捡到的那些。但石英石碎片又是怎么回事？也许小萍的妈妈钻入过汪妈幻想中的那种地方。汪妈想起了她那白白的手臂，还有手上流出的血。她也是鲇鱼套的女人，汪妈总觉得她身上有很多故事。

汪妈突然有种冲动。她抓了五个硬币，弯下腰，往床底下撒去。泡菜坛子都"咕噜咕噜"地响起来，吃了一惊似的。

汪妈吃饭刚吃到一半，就听到鞭炮声。是最早奠基的那栋楼。那栋楼将改变整个鲇鱼套的格局。她估计大概这地方的人都像她一样注意地聆听着。但汪妈真的不在乎搬家——她并不属于鲇鱼套。其实小萍的妈妈也不属于鲇鱼套，鲇鱼套太小，装不下她们的那颗心。在菜场里看见小萍妈妈抓非洲鲫鱼的样子，汪妈就感觉到了这一点，这位妇人体内有非同寻常的活力。

有人敲门，大概又是那瓦工。汪妈坐着没动，那人不敲了。

汪妈暗想，瓦工是很讨厌的，最好的办法是忽视他，可是她很难做到这一点。他属于城市里彻夜不眠的人，汪妈平时就如感觉到自己的呼吸一样感觉到他们。如果她那天夜里不出去，她还不知道饮食店门口会上演那种哑剧呢。这世界在发生什么样的翻天覆地的变化啊！她同他们的相遇只不过是邂逅罢了，他们却开始惦记她了。这里面是什么样的规律？

她收拾完厨房后，悄悄地走到门边，将门开了一条缝朝外看。那青年站在街对面，两眼茫然。一些人从他面前走过去了，他总想同别人搭话，很急切地凑近那些人，但没有成功。看来他根本就不是本地瓦工，但他又不像流浪汉。那天夜里，饮食店门口的灯不是也为他亮了吗？他不是一个与鲇鱼套无关的外人。

汪妈闩好房门，她要午睡了。

她睡在蚊帐里面，思绪像波涛一样起伏。那个在梦里不停地搬家的瓦工，他和那家饮食店的人半夜里在搞什么性质的活动？汪妈很少夜里出门，仅仅这一次，鲇鱼套就向她敞开了胸怀——它的夜生活沸腾喧闹，即使是沉默，也等于叫嚣。想到这里，汪妈不禁哑然失笑。

"小萍，我们都要搬进高楼了。"汪妈说。

"我已经去城里那些高楼看过好多次了。"小萍撇了撇嘴，"高楼没意思。不过消防通道里有不少东西捡。"

她从口袋里掏出一只活蜥蜴，放在汪妈的桌子上。接着她又掏出一只幼小的麻雀，也放在桌子上。两只动物一动也不动，看样子吓坏了。

"你在高楼里捡的吗？"

"我往上走，又往下走；往上走，又往下走……唉！我从来没有一次下到底层。汪奶奶，您说那底下是什么样子？"

"我想，应该有很多麻雀、很多蜥蜴吧。小萍为什么下不了决心到那下面看看呢？只要一闭眼，咚咚咚咚咚咚，就下去了，毫不费力的。然后你就进了地下室，那里也住了不少人。"

"我要走了，汪奶奶。"

小萍将小动物收进口袋，脸色变得很阴沉。看起来她对汪妈的回答一点儿也不满意，她的小脑袋里装的事太多了，谁也别想敷衍她。汪妈看着她，心里有点后悔：这个女孩真难对付。

好多年前，女孩第一次来时，什么也不为，只为吃她的泡菜。汪妈此刻感到小萍就像一只羽毛丰满的小鸟一样飞到了天空里。她忍不住将头伸到门外，偷窥她的背影——小女孩已经显出亭亭玉立的样子了。

道具

　　轮船的汽笛声响过之后，坐在陋室里的古树生已经打定了离家的主意。儿子古格坐在家中唯一的一盏十五瓦小电灯下面写作业。汽笛一响，古格就蹦了起来，仿佛遭遇追杀一般慌张。

　　"慌什么呢，是轮船。"古叔和蔼地说。

　　"我知道是轮船，可是你又要走了……"古格的声音带哭腔。

　　"我从前不也是这样吗？我已经托好了人来照料你。"

　　"我不需要人照料。我想，是不是和爹爹一起走？"

　　"路上是很无聊的，也没有玩伴，你可要想仔细了。我出去买点东西，你坐在这里想吧。"

　　古叔穿过没有路灯的小马路，到了对面的便民商店。

他买了两条毛巾、两个水壶、三双袜子。

"老古啊，这回要带上儿子了吧？"老板问他。

"嗯。这下麻烦大了。"

"古格不是一般的小孩。"老板说这话时在笑。

古叔将物品放进人造革的提包里，一边走一边想儿子的事。黑咕隆咚的路边护墙那里冒出两个青年，重重地撞了古叔一下。古叔眼冒金星，想要发作，一转念又忍住了。

"你看他是不是蒙古狼？"其中一个说。

走远了的青年的调笑声回荡在夜空。

古叔进屋时，看见古格坐在窗旁的阴影中发呆。古叔想，他既然没有要准备行装的样子，可能已经决定要留下来了。

"爹爹，"古格轻声说，"我们动身吧。"

古叔吃了一惊，盯着儿子大声问：

"你什么都不带吗？你这是要到哪里去？"

"我不知道啊。我从来都不知道……就算带了东西，会用得上吗？还不如就这样，到时再说。"古格歉疚地垂下眼睛。

"好啊，好啊。"古叔茫然地说，一边清点行李。

他命令古格将他自己的换洗衣服塞进大旅行包。他还命令他带上一双结实的跑鞋。他说：

"有时候，如果不穿跑鞋就会丧命。"

行李还没清点完，忽然停电了。家里只有一根细小的蜡烛，是古格从学校带回来的，点上了也等于没点。

古叔不耐烦了，背上大旅行包，让古格背上小一点的那个包。然后他一口气吹灭了蜡烛。

古叔站在门外锁门的时候，又看见了那两个青年。他想，这是两个贼，不过没关系，他家没什么东西可偷。古叔同儿子上路时，那两个人躲在阴影里头没有出来。

一开始他们走熟悉的路，父亲在前面走，古格紧紧地跟在后面。这是个毫无特色的中等城市，加上又停电，给晚间出行的人一个特别坏的印象。不过古格心里有准备，也就不那么沮丧。他在心里嘀咕道：总不会走一通夜吧，总有停下来休息的时候吧。

由于古格是盲目追随，他就没注意到是不是已经离开了市中心，是不是正朝市郊走。黑暗中那些大马路和小马路全差不多。但是父亲进入了一座陌生的大楼，他带着古格进了电梯。电梯里居然有盏小灯，红色的阿拉伯数字标示着二十八楼。奇怪的是，古格感到电梯在下降。难道他们是降到地底下去？古叔悠闲地点燃了一根纸烟，享受这短暂的休息。

电梯门打开时，古格惶惑地看到了清晨的田野。

古叔背起背包走上那条小路，古格紧跟着他。清晨的风吹在他们脸上，古格感到自己格外清醒。他在心中打定主意什么也不问，免得父亲烦自己。可是这稻田，这光秃秃的小山包，是引不起他什么兴趣的。只要走下去，总会有些什么变化吧。古格想到这里就回头一望。他们坐电梯出来的那栋高楼连影子都没有了，可几分钟前还在身后呢。

　　"古格，我忘了告诉你了，你最好别回头望。"

　　奇怪，爹爹没有回头看他，怎么知道自己在回头望那楼房？古格开始紧张地思考。当然，也可以说他什么都没想，他只是将神经绷得紧紧的在赶路。他又朝前看。前方一个人都没有，这条红黄色的泥巴路似乎是通向右边那个小山包的。那山包被人们劈开了，就那样裸露着，黄不黄，黑不黑的，要多难看有多难看。这条小路是人踩出来的，要是下雨可就难走了。古格心里七上八下的，猜测着爹爹会不会在那小山包脚下停下来休息。那可还有好长一段路啊。他去过乡下，知道乡下的路看起来很近，走起来没完没了。

　　天渐渐亮起来，越来越亮，要出大太阳了。古格希望在阳光的曝晒到来之前到达山脚下，这样，他和爹爹至少可以在山的阴面避一避炎热。他看见爹爹的背上已经湿透了，爹爹爱出汗。忽然，古格看见离得远远的右边有两个人影在移动。那边没有路,难道他们在田塍上走?古格怕爹爹说他东张西望,赶紧垂下头不看他们了。

"他们是那两个贼。"古叔头也不回地说。

"他们朝我们走来了。"

"那是因为我们太显眼了。如今这个时代,愿意长途跋涉的人越来越少了,他们对我们好奇呢。"

"一定是这样。"古格显出一本正经的表情。

"古格,我们得快一点。要是他们抢先到达了小山包,恐怕会有麻烦。这两个催命鬼,真是一丝一毫都不放松啊。"

古叔加快了脚步,古格紧紧地跟上。他们早已走出了田野,现在是在棉花地里穿行了。古格看见那两个人影也进了棉花地,现在看得清楚些了,一个穿黄色的上衣,一个穿深绿色的套装,衣服的式样很怪,古格很少看见那种式样。他们离得还有一段距离,但假若他们飞跑的话就可以追上父子俩。古格估计了一下,认为还得两个小时才能走到小山包。因为还要转一个弯,转了弯之后还有好长一段路。

就在父子俩埋头行路的时候,从棉花地里蹿出来一个小老头。他扑通一声在古叔面前跪下,抱着古叔的两腿说:"救命!"

古叔只好停住,将背上的大旅行包卸下来。

"您遇到危险了吗？"古叔问。

"比死还可怕。是我儿子要自杀，我害怕看见这种事。"

古格打量着小老头，他并不太老，肯定不到六十，只是满脸胡须而已。古格又朝棉花地里看了看，并没有看见这人的儿子。

"您的儿子打定主意了吗？"古叔又问。

"看起来是这样。应该是。"

小老头松开古叔，慢慢地站了起来。古格发现他的眼睛溜来溜去的，他要干什么？

"那么，您就跟我们走吧！"古叔大声说，手一挥。

"跟您走？那怎么行！我可受不了长途跋涉，我一受累就会病倒，我宁愿……"

他话还没说完就钻进棉花地，一会儿就看不见他了。

他们耽搁的这一会儿，那两个贼离他们很近了。古叔背起背包大踏步地赶路，古格则喘着气说：

"爹爹，我们跑吧，我们跑吧。"

父子俩开始小跑起来。跑了好一会，古格的心都跳到了喉咙里，他觉得自己要死了，就停了下来。古叔也停下来了，将大背包放在脚边。但那两个人并没有追上来，他们已经离得很远，成了两个小点，不仔细辨认还真以为他们消失了。古格很不好意思，他没想到自己这么不能吃苦耐劳，他以为自己可以一口气跑到小山脚下去呢。

幸亏那两个家伙没追上来，他们好像早就停在原地了。

太阳很毒，父子俩都是汗如雨下。他们用毛巾揩汗，喝着水壶里的水。古格感到自己要虚脱了，他很羡慕爹爹。

"古格，你不打算上学了吗？"

"我们要外出很久吗？"古格终于问了这个问题。

"不知道。要看我那个老战友的安排。"

"他在哪里？"

"很远。"

他们又开始走了。古格担心着，又回头看了一下，没看到那两个人，也许他们在棉花地里休息。

终于来到了小山包背阴的那一面，这时已经是下午了。古叔拿出饼子，两人大口地吃着。古格想，他是昨天夜里出的门，在外面走了一个多小时，坐电梯，从电梯里一出来就到了清晨，他和爹爹两人都没睡觉，现在怎么一点也不困呢？他想问一下爹爹，但看见爹爹正在思考问题，眉间的竖纹堆起了一个三角形，他就没有开口。

"古格快闪开！"

古叔用力推了儿子一把，古格跌倒在一个浅坑里，一块大石头狠狠地砸在地上，发出巨响。古格吓呆了，站都站不起来。他的脸紧紧地贴着潮湿的坑底。过了好一会古格才敢抬起头向外看。他看到了飞沙走石，都是从山上倾倒下来的。他连忙又将脸贴着坑底。心里想着自己一定会被砸中，不由得悲从中来。他觉得自己在哭，可又发不出声音。四周的轰响声太强烈，简直震耳欲聋。

正当古格焦急地转动着思维之际，四周忽又静下来了。

他站在坑里，看见了那一大堆泥土和石头，但是没看到爹爹。

"爹爹！爹爹啊！"他拼足了力大喊。

没有任何回应。难道爹爹被埋到那下面去了？古格的腿软了。他无意中看到了山上的那两个人，穿黄色上衣的那个家伙正在朝他看呢。古格想，这一堆泥土大得出奇，肯定不是那两个人弄得下来的。有可能是他们扳动了一个什么机关，制造了这一堆泥石流。古格看见自己的旅行包在那一堆的旁边，他的水壶已经从包里滚出来了。他走过去捡起旅行包和水壶，拧开水壶的盖子喝水。幸亏爹爹在他的包里放了干粮和水壶，要不，即使他记得回去的路，现在走回去也会要饿坏。古格对自己说："我可不是胆小鬼，我不愿回家。"

在这个地方，除了山上的那两个贼，谁也不能给他任何指导。他想知道的是：爹爹有没有出事？他该去哪里找他？按往常的经验，爹爹倒不一定就出事了。有那么几次，他的确突然丢下古格，从地面完全消失。每一次古格都是拼命寻找，然后他又从意想不到的地方出来了。

古叔坐了一天一夜的火车来到了京城。在火车上，他一次也没想到古格。这是因为他认为自己已经将古格带到了一个让他放心的地方，暂时用不着去管他了。古格这小孩的独立性是很强的，虽然很早失去了母亲，他倒是很会为自己打算的。就是说，他很少亏待自己。古叔透过火车的车窗看着那些熟悉的异乡景色，心中涌出欣慰之情。有多少年了啊，他在这条铁路线上来来去去，这是一趟给他带来生活兴趣的列车。虽然他不怎么爱同列车员和餐厅的服务员说话，但他一直在心中将这趟车当作他的第二个家。尤其是在夜半时分从卧铺车厢的窗口伸出头去，看见黑糊糊的平原的土地，有点点火光在土地上闪现时，古叔便会眯缝着眼，仿佛进入了希望的王国。

天亮时，列车员来收拾卧铺了。

"京城居然下大雨了。往年这个时候雨水是很少的。"小伙子突然说。

"啊，的确很少。"古叔困惑地应道。

后来青年就没有再说话。古叔闻到青年身上散发出来的干爽的气息，一种阳光下的槐树叶的气息，这是古叔所熟悉的。这位青年就代表了京城。他是不是在向他提示，京城正经历着某种大的变化？古叔瞟着窗外的蓝天白云，仍然止不住心跳。都这么多年了啊，当年恋爱时也不过就是这种感觉吧。

他提着行李下了火车，再坐公交车，一个多小时就到了那家熟悉的旅馆，看见了旅馆门口的万年青盆栽。他的两个同伙在那门口缩头缩脑的，一点职业派头都没有。古叔心里升起了怒气。他目不斜视，径直到柜台去登记房间。

柜台后面的女职员斜眼瞟着古叔说道：

"不用登记了嘛，为您在丽水胡同安排了住宿。您带雨伞了吗？那边正在下大雨。"

古叔心里想，明明是大晴天，为什么都说下雨？他走出旅馆时，他的那两个同伙便箭一般地跑过马路，消失在一栋大楼的门洞里了。古叔在脑海里回忆这两个同伙的名字，没能回想起来。

丽水胡同并不太远，但也得走半小时。好多年前，古叔在那胡同边上的一间平房里得到过一件不同凡响的礼物，是联络人送给他的。那联络人满脸长着茂盛的络腮胡须，比他年轻得多，古叔不知他为什么要送他那种礼物。他记得联络人问他有没有小孩，他说有个儿子，然后联络人就送了他那件礼物，似乎他是送给他儿子的，但又没说明。古叔回到家乡后，没将那礼物送给儿子，却随随便便地送给家乡的同伙了。这是他一贯的秉性。

古叔走到丽水胡同时，那人已经等在平房的门口了。联络人看上去老了好多，胡须也变得稀稀拉拉的，黄不黄白不白，往日的风度已消失殆尽。他俩一块进了屋，并排坐在那张矮床上，因为房里没有椅子。

古叔刚一坐下，立刻感到了联络人身上的活力。联络人虽然很瘦，但每动一下，结实的矮床就发出吱吱呀呀的声音，像在往下沉一样。于是古叔立刻记起了从前那些令人热血沸腾的夜晚行动。古叔虽有点激动，但还是希望联络人离开，让他好好休息一下，他实在是累了。

"您来这里的路上没遇上大雨吗？"联络人问。

"多么奇怪，这么多人说起下雨的事，可我一路上阳光灿烂。"

"这里的气候变幻不定。"

他站起身，似乎要走了，可忽然又想起了什么。

"您必须将伞准备好，放在一伸手就可以够到的地方。"

"好，谢谢你。"

联络人一走古叔就躺下了。他盖的这床毯子散发着他每次闻到的金属气味，他在京城的夜间活动就弥漫着这种气味。他的头一挨上硬邦邦的枕头，就入梦了。

他是被雨浇醒的，房里到处都漏，根本没法躲。这时他才想到了雨伞，赶忙从包里取了出来撑开。天空中惊雷一个接一个炸开，外面十分黑暗。古叔就着闪电一看表，已是夜里十二点了。他还没吃饭呢，他的肠子在咕咕叫。可是这么个天气哪里有东西吃？

有人从门外冲进来了，举着伞。伞下面那张面孔古叔很熟悉，是从前的一名同伙。这名同伙穿着杂技演员的服装，连裤衣，上面缀满了亮片。他带来了浓烈的金属气味。

"联络人催逼得很紧，"他低声对古叔说，"我们出发吧。"

古叔忘了饥饿，和他一同走进雨中。

在不远的流星大道旁，古叔看见了吊在三十层高的玻璃幕墙上面的两名"蜘蛛人"。杂技演员热切地在他耳边说什么，雨下得狠，古叔听不清他的话，但心里明白他要他干什么，因为他看见了垂下的绳索。

"我从来没有登高的经历，从来！"古叔叫喊道。

杂技演员用力将古叔推进了这栋建筑的门里头，夺走了他的雨伞。

古叔所站的地方似乎是一楼的大堂，亮着一盏灯。他刚一抬头，一张巨大的黑幕布快速降了下来，将他罩在里面。那幕布很沉重，古叔动弹不得。他听到有人在旁边说话。似乎是两名"蜘蛛人"已经大功告成，正商量从哪张门出去为好。

"这里面是什么东西？"一个说。

"会有什么呢？空气罢了。"

说"空气"的那人朝古叔踢了一脚，正踢在他右颊上，他痛得发晕，口里流出了血。

"刚才登高时，你感到畏怯了吗？"

"那么多宝石在上面闪光，不容你心中有杂念。"

"我听说今夜有个倒霉鬼也来了，没赶上趟，不然他要分走一份。"

古叔听见他俩说着话走远了，好像是从边门出去了。他蹲在那里，捂着肿起来的右颊，心里后悔得不行。他弓着背，费力地朝一个方向爬，爬了好久，还是爬不出来。厚厚的夹了棉花的帷幕弄得古叔汗流浃背，他感到窒息。突然，一阵恐惧袭击了他，他担心自己会被闷死在这帷幕下面。古叔是个冷静的人，他停止了挣扎，开始判断自己此刻的处境。这个帷幕虽厚，里面应该还是有不少空气的，他应该节省利用空气，争取脱险。他思考了一会儿，决定采取打滚的方式朝一个方向推进。这一招很有效，大理石的地面很适宜于打滚。古叔滚呀滚的，居然产生了一种熟悉的感觉，他记起来自己到过这栋楼里。这件事发生在哪一年？是古格上小学一年级的时候吗？他感到他的滚动导致了空气的进入，窒息感消失了，他心里一阵欢乐，于是滚得更起劲了。现在，那帷幕已变得像一件披风一样，不但不阻碍他，还舒服地接触着他的皮肤呢！他变得轻松了，他的思维流动着，他想到这栋楼三楼的一个房间里，挂满了美丽的京剧脸谱，每一张脸谱其实都是一个活人，一个他古叔内心渴望着的、高尚的人；而在八楼的一个房间里，有着巨大的玻璃金鱼缸，里面游动着小型热带鱼；十楼的那个房间就是宝石收藏室了——古叔刚想到这里就滚出了帷幕。

大堂里空空荡荡的，古叔踩着幕布向那张门走去，他尽量不走得太快，免得被人当作盗贼。有人推开门进来了，是联络人熟悉的身影。

"您没带雨伞吗？"他问道，"外面的雨那么大！"

他走拢来了，一点都不好奇地踩着那块幕布，他带来了令古叔振奋的金属气味。在幽暗的光线中，古叔看见了他手中的小纸盒。

"这里面是竹叶青小蛇，剧毒，不要打开盒盖，永远不要。"

他声音含糊，古叔看着他的口型猜出了这句话。奇怪的是他说完之后并没有将纸盒交给古叔，而是自己拿着它上楼去了。

古叔想，他的盗窃生活就从这栋大楼里开始了。

他首先来到二楼，凭着记忆中模糊的标志推开了那张门。

办公桌旁坐着年轻的学生模样的人，那人有点吃惊地看着他。古叔的目光在墙上扫了一圈，没有看到一个京剧脸谱。

"真可怕。"青年说，"楼里要出事。可是夜里已经出过事了，现在已经是早晨，还会坏到哪里去呢？大叔您说对吗？"

"可是我还惦记着一件东西，请你将它给我吧。"古叔轻声说。

青年拉开底下的一个抽屉，递给古叔那把湿淋淋的雨伞，朝他谄媚地一笑，说：

"您的朋友，搬走了半座楼的收藏。"

古叔拿了冰冷的雨伞，心里想，他惦记的并不是这把雨伞，他惦记的东西是一个卷烟机，有浓浓的金属气味，可这把雨伞的确是他自己的雨伞，应该是杂技演员交给他的。古叔拉开椅子在桌旁坐下来。

古叔看着窗外的雨说：

"下雨之前，所有的人都能看出迹象来吗？"

"是啊，这是京城的风俗，您不见怪吧？"

"当然不！"

青年低下头在抄写什么东西。古叔继续观雨。那密密麻麻的雨丝在古叔的视野里渐渐构成了一个复杂的图案，风将雨里头的金属味吹进房间，古叔闻后胸中激情高涨。

"我这就到八楼去。"古叔站起来说。

"八楼那间房里有点小乱子，您最好从消防梯走上去。"

古叔带上身后的房门时，听见一个陌生的声音在房里发出惊叫，但他觉得自己不便再返回去了。他找到消防梯，上到了八楼。

所有的房门都是一模一样。他去推门，推不开。换一张门，还是推不开，又换一张……全都关得紧紧的。这里真的出了乱子吗？他的同伙已经在这些房间里打劫过了吗？古叔突然感到自己的模样很可笑——拿着一把湿雨伞挨个推这些紧闭的房门。

走廊里响起了脚步声，古叔想，会不会是联络人？

出现的不是联络人，是一个小孩子，十岁左右。

"您在找那些蛇吗？我知道它们在哪里。"他说。

"你可以带我去吗？"古叔和蔼地问他。

"当然可以。不过您见不到它们，它们在顶楼。您跟我来吧。"

他俩一块坐电梯时，男孩在古叔身上摸来摸去的，他说担心古叔身上有武器，那样的话就很不好。他没有说明为什么不好。

顶楼是封闭的玻璃圆顶，有一些向内开的玻璃门，古叔估计蜘蛛人就是从这些门进来的。雨已经停了，古叔站在这个水晶宫一般的处所，立刻变得心神恍惚，将小男孩都忘了。他拼命抑制着要往下跳的冲动。当他终于安静下来时，发现男孩已不在了。他必须马上离开这里，这是个要将人逼疯的场所。

古叔快步逃出圆形大厅，他看见一个背影钻进了电梯间。那不是联络人吗？联络人是在跟踪他，还是自己在这楼里面找乐子？在古叔右边的窗台上放着那个纸盒，就是联络人先前装小蛇的盒子。古叔想起了联络人的话，就不敢打开盒盖。盒子的侧面有一个洞，古叔弯下身子往那盒子里一瞧，老天爷，那里头是颗钻石，而且是真货！古叔凭多年的经验知道那是真货色。他立刻就感到了这是一个陷阱，于是马上就往消防通道跑。

消防通道里响起他急促的脚步声。他每下两层楼又进入大楼从走廊跑过去，将房间抛在身后，再进入消防梯。他要甩掉看不见的跟踪者。后来他忽然发现自己进入了鬼气森森的十楼。十楼的房间全敞开着门，他看到一些白发女人坐在空房间里。"席卷一空"这几个字出现在他脑海里。有一个女人在向他招手，他迟疑了一下便进了房间。他的脚步声在房间里产生出回音。三个女人中的一个问他：

"您要不要拿些东西走？您可以随便拿，因为您是贵客。拿还是不拿由您决定。我们有包装好了的，是礼品包装。"

三个黑脸白发的女人都长得像眼镜蛇，她们紧张地盯着他。

"不。"古叔坚定地说。

他觉得有人正用枪瞄准自己。他硬着头皮等待那一刻。

"那人来过了吗？"古叔问。

"什么人？"还是同一个女人说话，"我们这里总有人来来往往，算不了稀奇事。您到底拿还是不拿？"

"不。"

三个女人霍地一下站了起来，鄙夷地转身，通过一个小门走到隔壁房里去了。在她们离开的那块地方，五条绿色的小毒蛇在地板上昂着头，仿佛要向古叔诉说什么。古叔紧紧地抓着雨伞，雨伞成了他护身的武器。他一步步后退，那五条竹叶青紧逼过来，凶相毕露。他退到了门边，猛地一下冲出去，死命地奔跑。

古叔脱离危险后才想起来这个问题：为什么毒蛇没有袭击到他？当然，不会是因为他的雨伞。那么是因为什么？这几条蛇是女人们用昂贵的钻石从联络人手中换来的吗？古叔想起多年前的一个深秋的夜里，他在联络人家里与他一道清算团体的资产时所看到的事。当时联系人的父亲也在家里，他正在用许许多多一分的纸币叠成一艘巨大的海轮，那艘船已经完成了一大半，占据了半个桌子。每隔十几分钟他就叫联络人过去帮忙。他一叫，联络人就扔下手中的工作跑过去。联络人偷偷地告诉古叔说，他父亲最多还能活一个星期，所以他要加紧娱乐。那天夜里外面狂风大作，雨下得很猛。古叔在联络人家中那巨大的铜柱子床上合不拢眼。到了下半夜，那患绝症的老头来到他床边，用冰冷的手在他脸上抚摸了几下，给古叔的感觉像是几条小蛇从他脸上爬过去。很有可能，这几条竹叶青是联络人长年养在家中的宠物。显然，在这栋大楼里联络人不愿同他一块行动。这次来京城，他的同伙们暗示了他：他必须单独行动。而且他的单独行动受到了联络人的催逼。以前也有过这种情形，但并没有逼得这么紧，像在身后举枪瞄准他一样。

古叔离开了十楼。他在确信自己甩掉了尾巴之后，便坐在消防楼梯上休息了。有人上楼来了，是杂技演员。他递给古叔一个布包，里头包着三个白面包子。他眼神忧郁地看着古叔狼吞虎咽，像看着临刑的死刑犯一样。古叔很愤怒。

"你是不是已经看到我的结局了？"他追问杂技演员。

"结局是看不清的，谁能看见？"他冷笑一声。

古叔泄了气，垂下头咕噜了一句："外面又下雨了。"

杂技演员跪下来，凑在古叔耳边低语道：

"你知道吗，联络人在这楼里所做的事都是为了他的老父亲！他可是个孝子啊。有其父必有其子。"

"真的？！"古叔的声音颤抖起来了，"好多年以前我见过他父亲，那时他就快死了，是绝症啊。"

"你说得没错，可他还活着。你想想看，他的那艘海轮还没有完工，他怎么能去死？"

"难道那是一件永远做不完的工作吗？"

"对，那是一件理想的工作。"

古叔注意到，当这位同伙用轻柔的声音说出"理想的工作"几个字时，他脸上就出现一种甜蜜的笑容，而之前，这张脸是多么阴沉！

"那么，联络人在这楼里要为他父亲干什么？我们的人不是已经盗走了大批财物吗？我听见他们顺利离开了。"

"我想这是个秘密吧。"

杂技演员忧郁地站起来，从古叔身旁擦过，上楼去了。

雨点打在外墙上，是暴雨，古叔听得清清楚楚。他的想象中出现了一只纸币叠成的巨大海轮，铺天盖地朝他压下来，那东西比先前大堂上空降下的黑幕布还要大，而且在空中发出金属的响声。他为自己的想象吓坏了，赶紧站了起来。

古叔从消防梯下到了一楼。他想从一个边门跑出去，可是从那张门外跑进来的小男孩一头撞到他怀里，他被撞得坐在了地上。

"我是守在门口的。"男孩说，"您已经看到过蛇了，您身上又没带武器，您怎么可以从这里出去？您出去的话，走不了多远的。"

"你是为你爷爷的海轮守在这里的吗？"

"哼，算您猜对了。您为什么要猜这种事？"

"因为这也是我的事嘛。海就在顶楼上，对吗？"

"幸亏您没带武器，带武器的那些人都完蛋了。"男孩不答理他的问题。

古叔打消了跑出去的念头，在他的脑子里，一些线索理出了一点头绪。他瞅着男孩钻进地下室通道的背影，他想起了海上那些枯燥的日子。那个时候，他是多么年轻啊。日后，那些枯燥的日子便在他的回忆中具有了神奇的魅力。刚才在顶楼那个水晶宫里，他是不是误认为自己回到了海的怀抱？折纸币海轮的老爷子，此刻大概正通过他的儿子和孙子在大楼里漫游？这楼里应有尽有，有的人得到钻石；有的人得到造梦的道具；有的人得到真实的允诺。大概一走出楼门，一切都会丧失掉。古叔背靠着墙坐在地上，想象自己变成了老爷子。

古叔于朦胧中感到有数条小蛇从他脖子上爬过去。他不敢挪动，却醒来了。原来是那小孩在他脖子上摸索，他那冰冷的手多么像他爷爷的手啊，连动作也一模一样。

"他是你亲爷爷吗？"古叔笑着问他。

"不是。我爸爸也不是亲爸爸。我们的联系是精神上的。"

他用小大人的口气说话，眼里流露出一闪一闪的凶光。

古叔打了个冷噤。

"你爷爷的海轮什么时候可以完工呢？"他问。

男孩突然尖叫起来：

"不准您提我爷爷的工作！"

他跑开去，跑得看不见了。古叔陷入了恍惚之中。他从他坐的地方向前方望去，看见厅堂中的两根圆柱都呈现出二十度的倾斜，楼上传来隆隆响声。古叔被这奇怪的情景所吸引，他不愿离开，于是坐在原地不动。他想，完全有可能是他出现了幻觉。他的背被一个东西硌得很疼，他伸手往背后一捞，捞到了他眼熟的那颗钻石。钻石怎么会粘在墙壁上的呢？此刻它在他手中，闪耀着纯洁无辜的光芒。古叔将钻石遗弃在脚边的地上，他要走出大楼了。

外面刮着风，天空很蓝很高，雨伞用不上了。他回转身朝那片玻璃幕墙望去，看见那上方居然挂了一个小孩，那是联络人的儿子，一动不动地吊在绳索上，好像睡着了一样。他会不会已经死了？古叔多看了两眼眼就花了。他低下头匆匆赶路。他必须马上回到平房里去，将那些被雨弄湿了的垫被和毯子拿到外面晒干。

他刚走到丽水胡同的胡同口，就看见了联络人那落寞的身影。他已经苍老得不像样子了，眼神慌乱。

"他已经完蛋了吗？"他朝古叔嚷嚷道。

"不，他还活着。"

"老爷子的海轮就要完工了，这件事刺激了我儿子，所以他决心单独行动了。如今的小孩啊，您能懂得他们的心吗？"

"我也不能。"古叔说，想起了他的古格。

古叔进屋去拿被子出来晒，他发现被子已经晒好了，蓬蓬松松地铺在床上，散发出阳光的味道。他听到联络人在屋外说话。

"是我家老爷子吩咐我帮您晒好的。他说您一个异乡人，在京城这种险恶的地方该会有多么困难。"

联络人在朝远处张望，古叔觉得自己有义务告诉他关于他儿子的事。

"你的儿子挂在幕墙的绳索上呢。"

"啊，您看清楚了吗？"

"的确是他啊。"

"那么我就放心了。这说明他从楼里出来了。如果是在楼里，我和老爷子两个人都不得安宁。"

"为什么呢？"

"他好奇心太大，最喜欢钻陷阱。"

联络人一边说一边渐行渐远了。古叔回忆起同这个人多年的交往，眼里涌出了泪。他并不爱这个人，可是他同他之间的关系难道能用一个普通的"爱"字来形容吗？在那种铁血的夜里，在厮杀中，他俩的汗水都流到了一块，有时竟会分不清是自己还是他在垂死挣扎。还有他那奇异的、长生不老的父亲，不像活人，倒像从地下挖出的兵马俑。每次他从家乡到京城来，都是这个人为自己接风。他对他的态度，就好像不论他俩见不见面，他都对他的情况了如指掌一样。

古叔满足地睡在有阳光味儿的被褥里头，一会儿就入梦了。他梦见了古格，古格吊在玻璃幕墙的绳索上，兴奋地荡动着。古叔看见他在张嘴说话，但完全听不见他的声音。古叔就对自己说："古格已经实现了他的心愿，这有多么好！"古叔一说出声就醒来了。

外面又黑了，难道他睡了很长时间？他记起了同联络人的约会，一看时间已经过了，于是连忙洗了一把脸，用木梳梳了几下头发，拿过雨伞匆匆出门。在昏暗的胡同里，他听到有人在笑，这里总是这样的。胡同里唯一的一盏路灯下，有个人在往灯杆上贴小广告。他夸张地跳起老高，将那小广告贴在上方。古叔经过他，然后马上又没入了黑暗中。在黑地里走路真是惬意，就像回到了从前某段生活中一样。

联络人的家很快就到了，他推开虚掩的门进去，看见了坐在昏暗灯光下面的老爷子。老爷子的相貌没什么变化，根本不像患过绝症的人。联络人手中拿着账簿，正在对账。古叔用目光将房内扫荡了一遍，并没有看到那艘海轮，再打量老爷子的神情，感觉他分外镇定。

老爷子摇摇晃晃地站起来了，他在缓缓地向房间后部的暗处移动。这时古叔才注意到那后面有一架楼梯。却原来这房子不是平房，是两层楼房，以前他忽略了这一点。

"要不要我来搀扶爷爷？"古叔问联络人。

"不，不要。那上面是他的独立王国。"

过了好一会，估计老爷子已经在楼上安顿好自己了，联络人才放下手里的账本，对古叔说：

"老爷子在等死了，这一回是真的，他真幸福啊。"

"他将海轮搬上楼去了吗？"

"海轮？您认为这里有一艘海轮？"

"是啊，这是真实的事。那时你常帮你父亲做折叠工作。"

"不，您的记忆并不真实。我的父亲是有坚定的信念的人，他从来不用道具。也许……"

楼上发出响声，好像什么重物倒下来了。古叔同联络人一齐将目光停留在天花板那里。但天花板的那一块光线很暗，什么也分辨不出来，这更使得古叔感到房里的阴冷。他想到下午的时候，他睡在联络人帮他晒得蓬蓬松松的被褥里头，那时他多么振奋，他甚至设想了一个在京城定居下来，夜夜与联络人一道去那些古代皇宫里探秘的计划呢！联络人给他的感觉总是这样，一会儿体贴入微，一会儿拒人于千里之外。

"那么，您认为这里有过一艘海轮？"联络人继续先前的问题。

"当时我和你坐在这里对账，老爷子坐在那边的桌旁——先前那里有张大方桌，海轮那么大，占据了大半张桌子。那么大的东西，全部由一分的新纸币叠成，该需要多少纸币啊。啊，请原谅，当时我想，你的父亲一定是一位狂人。我问你一个问题：他是从海上退休回来的吗？"

"恰好相反，他一辈子也没有见过海。"

联络人回答问题的口气是嘲弄的，古叔拿不准他是不是嘲弄他，或许他竟是嘲弄他自己？对这种可能性的猜测使得古叔的思维变得模糊了，他的呼吸急促起来。

"原来是这样啊。"古叔费力地说。

"我理解老爷子，我同父亲共享过美景，就在这间房里。"

"我完全相信。像他那样正直，隐忍，克己……"

古叔的话没有说完，因为老爷子从楼梯上摔下来了。

他一动不动地蜷缩在楼梯下，并不发出呻吟。

联络人弯下身将父亲抱起来。老人的身体变得小小的，那么轻，联络人毫不费力地就将他放到床上去了。他为他盖好被子后，老人就像完全从房间里消失了一样。古叔记得，当老人被儿子抱着经过他身边时，老人那紧闭的双眼突然张开了，他盯了古叔一眼，好像在笑。

"他是摔不坏的，他的身体对摔打已经没有感觉了。我担心的是儿子，他不应该这么小就开始闯荡。"

"你的儿子完全不会有问题，他老于世故。"古叔安慰他。

"他老于世故？他？"

联络人突然爆发出大笑，刺耳的笑声使得古叔很不自在。古叔的神经突然松弛下来了，他很想上床睡觉了。他知道后面那间房里有一张大床，床的两头立着漂亮的铜柱子。联络人会不会安排他去后面房里休息呢？但是联络人并不想休息，他邀古叔外出喝酒。

他俩并肩走在黑糊糊的小街上。古叔还没喝酒就已经有点醉意了，他还感到了一点饥饿。他听见联络人说："到了。"古叔环顾周围，并没有看到什么酒馆。这是怎么回事？没容他细想，联络人就一把将他推进路旁的一张门里。

"来碗米酒还是白酒？"

古叔听到老板在问他，但他看不见他。他谁也看不见，房里似乎有灯光，但不知那盏灯在哪里。联络人和那老板脸上都蒙着一层水雾，旁边好像还有其他顾客，但更加看不清。

酒碗递到了古叔手中，他喝了一口，感到精神大振。联络人让他吃些牛肉，他吃了两大块。就在这时他听到了哭声，一男一女。

"是谁？"古叔问联络人。

"喜极而悲。他俩是我的邻居，喜极而悲。难道您，在这趟出行中没有遇到令您欢喜的事？"联络人说。

古叔在酒精的刺激下鲜明地回想起联络人家里的老爷子：他的海轮；他的信念；他那能够吓退死亡的境界。一阵奇异的欢乐从古叔的心底升起。那一男一女的哭声停止了。

"有。你的父亲。"古叔回答联络人说。

"嗯，我料到了。他也是您的父亲。"

他俩将白酒喝完了，联络人让古叔将耳朵贴着墙，古叔就听到了滴溜滴溜的声音，是许许多多的玻璃球或小瓷球从一个装置里流出的响声。古叔听得眉开眼笑。

"我有点想家了。"古叔说，从桌旁站了起来。

"多么美。我刚才看见我儿子从窗前走过去了。"

"你的眼力太好了，可我在这个屋子里什么都看不见。"

"那是因为您还没有习惯。"

他俩搀扶着往联络人家里走，东倒西歪。

"爹爹！爹爹！"

联络人的儿子在叫他。在古叔听来，那几乎同古格的声音一模一样。他在心里感叹："有个儿子真好啊。"

古格决心去询问那两个人。山不算太陡，但根本没有路，古格手脚并用地朝上爬。这时他又听到了隆隆声，好像又要发生山崩了。然而却没有。他同那两人离得很近了，他们正在抽烟，看到古格就主动朝他走来。

"如果你能告诉我们你爹爹上哪儿去了，我就把这个弹子机送给你。"

穿古怪绿色套装的汉子将弹子机放在地上，摇动手柄，许多彩色玻璃球从那里面流出来，流得满地都是。

古格转到弹子机后面去察看，也没看出什么奥秘来，就是一个小小的金属盒子而已。流出的玻璃球已覆盖了很大一片地面，古格感到毛骨悚然。

"说！他在哪里？"

"我爹爹，应该就在附近吧。"古格犹豫地说。

"嗯，有道理。给你这个，你敢要吗？"

汉子用力摇了几下，玻璃球堆了起来，将古格的脚面都盖住了。

"我不要。"古格说。

"好小子，有志气。坐在这石头上听我讲你爹的故事吧。"

穿黄衣服的那一个用双手将古格的肩膀用力一按，古格就坐下去了。那人从古格的背包里掏了两个饼子出来吃。

"你听着，小家伙，我告诉你，你爹爹也是一名盗贼。"穿绿套装的汉子说完这句话就停下来，似笑非笑地看古格的反应。

"哦，是吗？"古格轻描淡写地问道。

"你想想看，他没有任何工作，如果不做贼，你们怎么能维持生活？我们几乎什么都偷，大的小的，贵的贱的全都要。人一干上我们这一行就会变得疯狂。你爹比较笨，所以他老是很穷。他越是穷，就越是疯狂。我们都在省里面偷，他却偷到外省去了，甚至还到了京城。他到京城那一回，我们私下里嘀咕，担心他要遇难。可是他，这个笨手，居然带回了这台魔术弹子机！他当着我们两个的面表演，把我们吓呆了！从那以后，我们就一心想偷他的弹子机。后来终于得手。你爹爹失去了他的宝贝之后，一直在找我们。"

古格皱着眉头听汉子胡扯，他心里想的是："爹爹倒真是没有工作，这些年他是如何赚钱的呢？"

"现在我们两个有了弹子机，生活不成问题了。可是小家伙，你没感觉到你爹一直在找他失去的东西吗？"黄衣汉子拍着古格的肩问道。

"我爹是在找他失去的东西。"古格镇定地说。

"好！好！"绿衣汉子笑起来，"你是个诚实的小孩！我们相信你爹是不会走远的，因为他的事业就在这一带嘛。你大概早看出来了，他是一个有远大目标的人，不像我们这种垃圾。你瞧，棉花地里那家伙发狂了，他在搞破坏！"

古格朝远处的棉花地里望去，并没发现有人。有种希望隐隐地在古格心中蠕动，他无端地觉得爹爹有可能在这附近。那两个人说得对，爹爹应该没走远。可是古格的包里已经没有吃的东西了，要想空着肚子走回去是很困难的。他恨这两个贼。

"叔叔，我去同我爹爹说，要他放弃弹子机。你们能给我一些吃的东西吗？我想快点回家去。"

"哈，他要回家！"穿黄衣的汉子说，"他想来就来，想走就走，他对他爹爹的事业不感兴趣！现在小孩到底是怎么啦？我们那个时代，爹爹的事业就是自己的事业。"

绿衣汉子拍了拍古格的脸颊，说：

"你在这里等，看守这台弹子机，我们下山去弄吃的来。"

"你们不怕我偷走它吗？"

"怕什么呢，这荒山野地里，料你也走不远。再说，这东西本来就是你爹爹的嘛，你说是不是？"他说话时还朝古格挤了挤眼。

他们不是正常地下山，而是骑在崩溃的大股泥石流上溜下去的。古格看见他俩一眨眼工夫就下去了，接着灰雾就遮蔽了他们的身影。古格右边的山体缺掉了一块。

古格坐在那里，看着那台弹子机，不由自主地用手触了一下那手柄，立刻有一大堆玻璃球流了出来。他吓得跳起来，离它远一点。他完全没有对付这种异物的经验，所以决定还是躲开为好。他绕着山走，一边走一边希望碰见爹爹。他相信爹爹不会长时间扔下他不管，至少在他记忆中还从来没有过这种事。刚才那家伙向他挤眼，是向他挑战呢。他可不想摆弄这种魔鬼机器，他也不相信这是他爹爹的财物。慢慢地他就走不过去了，一块大石头拦住了去路。低头一瞧，居然是笔陡的悬崖，只有一条悬空的石头搭成的一处石桥是他的退路，而他立足的地面比一张饭桌还小。有人在下面喊他的名字，那声音很像棉花地里的那老头。

"古格，你可要打定主意啊！"

古格看了看眼前这细长的石桥，他打不定主意要不要过桥。正在犹豫间，他脚下踩到了一个东西，一屁股坐了下去。古格用手抓到那东西，举起来一看，是一个更小的弹子机，只有先前那个四分之一那么大。他碰着了摇杆，于是从弹子机的出口掉出一个细长的东西。捡起来一看，是一只秀气的万花筒。古格朝万花筒里面看去，看见爹爹在远处的棉花地里向他招手。

"爹爹！我要回家！"古格喊道。

爹爹拼命摇手，很不高兴的样子，然后就消失在棉花地里了。古格再一看，万花筒里头空空的。他摇一摇弹子机，弹子机里头也是什么都没有，一个塑料空壳罢了。抬眼一望，悬空的石桥上坐着棉花地里遇见的小老头，两腿晃荡着，十分危险的样子。

"我儿子要自杀。"他边说边讨好地向古格笑着。

"他打定主意了吗？"

"当然还没有。你没看见我正在体验他的境界吗？"

"如果我送他一架魔术弹子机，一摇就自动出弹子那种，他会打消自杀的念头吗？"

"也许吧。那东西在哪里？"

古格一兴奋，就忘记了害怕。他站起来稳稳地走过了石桥，没有朝下面的深渊看一眼。老头是横着走路的，有点像螃蟹。他俩来到了那一大堆弹子旁，那机器仿佛虎视眈眈地看着他们。老头显得异常兴奋，抓住弹子机的摇杆用力摇，那些弹子很快将他埋起来了，只留上半身在外面。小小玻璃球就像有黏性似的，围绕他堆出一个锥形坟墓。古格离得远远的，看着玻璃球快要埋到他的脖子了。老头气喘吁吁地说：

"你快去，去下河街23号叫我儿子到这里来！"

古格拔腿就跑，他的腿脚变得非常灵便，肚子也不饿了，健步如飞地下山，几乎毫不费力。

古格边跑边想，却原来爹爹是想要他救人一命啊！他跑得更快了，什么都不想地跑。

他跑到了下河街23号，推门进去，看见了那个壮实的小伙子。小伙子站在一张木凳上，正在将脖子放进一个粗绳圈套。他根本不关注古格的闯入，将自己的脖子脱出来又放进去，脱出来又放进去，对这个动作上了瘾似的。

"你爹爹在那边山上，那里有更好玩的！"古格涨红了脸说，"你爹爹叫你马上过去，去晚了他就死了！"

"是真的吗？"小伙子阴沉地说，"要我去山上的老地方？那里有更好玩的？比这还好玩？"

古格拼命点头。小伙子"嗨"了一声就从凳子上跳下来，冲到外面去了。房子里，从梁上悬下来的绳套阴森地晃动着。桌子上放着一张很大的饼，古格抓起来就吃，一边吃一边向外走。饼刚吃完，古格突然想起了一件事。他返回到23号房内，站在那里打量那静止在空中的圈套。他登上木凳，将脑袋伸进那圈套。这时他听到爹爹的声音从遥远的处所传来。

"古格，这里有更好玩的——古格！你不要错过了啊！"

古格兴奋得全身被一股热流穿过，那真是爹爹！

他从凳子上下来，走出门，朝自己家里走去。

他在路上遇见了街坊邻居。他见人就问：

"请问，您看见我爹爹了吗？"

有一位大叔告诉他，说在火车上看见了古叔，他去京城了。

古格用钥匙开了房门，进了屋，这才想起背包被他弄丢了。他又想起爹爹将一些钱塞进床底下的旧跑鞋里头了。古格从床底下找出那只鞋，将钱掏出来放进钱包。他出了门，到饭铺里去吃饭。

在饭铺里，邻家胡老太笑眯眯地对古格说：

"古格啊，你越长越像你爹了！"

古格心中一惊，他想，胡老太不会在影射自己是一名贼吧？

他偷眼看老太，发现她的笑容确实暧昧。

古格要了猪肝、油菜，还有一大碗米饭。他吃得满头大汗。

太阳从城市上空落下去时，古格在他的小房间里睡着了。他临睡前希望自己梦见爹爹，可是他的梦里只有许多黑色的树丫。那些树丫让他睡得很放心，他夜里一次都没有醒来。

爱思索的男子

　　他的名字叫钟大福，他是一位沉默寡言的青年，靠去世的双亲留下的小小的遗产度日，住在贫民楼中一套窄小的套间里。

　　他爱思索，他的睡眠时间很少，大约一天三个多小时，因为习惯了，精神倒也不错。他总在思索。有时候，他会听到一大群人在楼底下叫他的名字，于是停止思索，从十楼的窗口探出头去张望。楼下是一条大街，车水马龙，哪里有人呢？他笑了笑，回到桌旁，继续思索。他交往的人很少，大部分时间独来独往。

　　钟大福有个姑姑住在他楼上。姑姑觉得钟大福太沉默了，担心他的神经出问题，于是请了一位老先生教他下围棋。钟大福领悟能力很强，但学棋的兴趣不大。教了钟大福两次之后，老先生就不愿再教他了。他说："这小子眼里看见的不是棋局，而是山河。"姑姑听不懂老先生的话，就去问钟大福。

钟大福眼睛盯着空中的一点，回答说：

"老师的意思是说人各有志。姑姑，您就不要管我了吧。"

"可是大福，你这过的什么日子，青年人不应该老是坐在家里，即算不去工作，也应该有点社交。莫非你深藏了雄心壮志？"

姑姑瞪着一对圆眼仔细地打量大福，大福也看着姑姑，目光清澈而镇定。大福说：

"我是有社交的，天天都有。"

姑姑眨了眨眼，笑起来，说：

"好啊好啊，大福说得有道理，姑姑真是落伍了。我就住在你楼上，我怎么感觉像隔了千山万水？"

姑姑离开时，钟大福脸上掠过一丝笑意。

钟大福到卫生间去刮脸。他涂上剃须膏，慢慢地刮。卫生间很窄，里面没开灯。洗脸盆的上方有一面镜子，但是镜子里却没有映出钟大福的影像。从二手货市场买回这面镜子挂在这里，他立刻发现了这件怪事。但他身后的门，门上的一个挂钩，挂钩上的浴衣，全都映现在镜子里，尽管很昏暗。钟大福很喜欢这种氛围，他将卫生间的门关好，在里面待很长时间。他的胡须很硬，刮起来"嚓嚓嚓"地响，令他想起雪夜天空下的那些冰碴。他喜欢闭上眼倾听这种声音，与此同时他的思维却忙忙碌碌地，在那些最昏暗的、最难以名状的区域穿梭，那些地方的物质密度很高，像是水蛇，又像是藤萝。然而他听到了噪音，噪音来自遥远的地方，越来越逼近了，他手中的剃须刀停了下来。

那噪音是不是沿着自来水管传来的？钟大福变得有点焦虑，因为他不愿他的思索被打断。他蹲下来，将自己的耳朵贴近水管。他听到的不是一股噪音，他听到的是北风呼啸，可怕的呼啸，像要将地上的建筑全部摧毁一样。钟大福站起来，打开水龙头，将脸冲洗干净。他洗脸的时候，他的思维就成了垂死的白鼠，他满心惶恐。

天刚亮钟大福就醒来了。对于他来说夜是很短的，因为他总是要到夜里两点多以后才睡觉。他醒来了就起来，从窗口伸出头去看看天。他看天的时候，那天也好像转过脸来看他，虽然是灰蒙蒙的，他却感到那里面有探究的表情。他从窗口缩回，开始做早饭了。早饭很简单，就是一碗面，里面有红辣椒和白菜心，放了猪油。钟大福吃得额头上冒汗，他的吃相是很投入的那种。

钟大福在收拾厨房的时候就会听到水泥地的刮擦声

从四面八方传来，他知道那是种不耐烦的声音，整个大楼的居民都不耐烦。也许是因为有什么东西要从天空砸下来，却又被堵住了，还没有砸下来？钟大福的脑海中出现了昏暗的、盘旋上升的楼梯，一些灰白的、难看的赤脚正拾级而上，有点凌乱，但决不迟疑。楼梯下方，刮擦水泥的声音变得隐隐约约了。钟大福轻轻地关上碗柜。尽管他动作很轻，整个小小的厨房还是突然一下变得无比寂静。他又等了一会儿，才拿起一个编织袋去菜场买菜。

天大亮了，菜场里人不多，那些蔬菜啦，瓜果啦，鲜鱼鲜肉啦，鸡蛋啦，豆腐啦，等等，全都码得整整齐齐地摆在案板上。钟大福喜爱菜场里的氛围，他的鼻子眼睛和耳朵穿过这些食品进入了大自然，于是他又同昏暗处所的那些藤萝相遇了。

"钟老板，买条鱼回去吃吧，你看这条草鱼多么漂亮。"一个沙哑的声音响起，那人是个小个子鱼贩子。

钟大福看着木盆里的那些鱼，不知道他指的是哪条草鱼。

鱼贩子抓了一条鱼，开膛破肚，半分钟就弄好了，用油纸包了放进钟大福的编织袋。钟大福看见鱼嘴还在动。他心里既有美食想象引起的兴奋，又有某种阴沉的幻觉。他知道这些鱼都是从郊区一个巨大幽深的水库里打捞上来的。他去过那水库，那一望无际的平静的水面给他的感觉就像是到了天边。那种地方的鱼类会是一种什么样的生活态度呢？他站在木盆边思索了几秒钟，在这几秒钟里头他又看见了藤萝。然后他走过去了，在别的摊位上买了芹菜、油菜、西红柿，还有一斤鸡蛋。

他走出菜场时，外面降下了大雾。他听见鱼贩子在对他说话。

"如果那么大的水库里仅有一条鱼，它会如何度过一生？"

钟大福回过头，却没见到鱼贩子。也许他说完这句话就走开了，雾太浓，隔开几步就看不清别人。鱼贩子的话又让他想起了编织袋里面被剖好了的草鱼。鱼贩子的比喻是很空洞的，他怎么能理解鱼儿的生活。但显然，这个小贩是关心鱼类的。

回家的路上，钟大福忘记了小贩，他一直在回忆水库旁的柿子树林。快入冬的时候，那些柿子红得真是耀眼啊。

他从街上嘈杂的汽车喇叭声中返回了他那栋大楼。他看见那些上班族的青年在楼下的浓雾中盲目地摸索。幸亏他回到了家中，再晚一步，外面不就什么都看不见了吗？

钟大福走进屋里，开了灯，将编织袋里的菜一样一样拿出来放进冰箱。他拿那条鱼的时候，鱼在他手中搏动了一下，令他心头一热。于是他改变了主意，将鱼放到了厨房的水池里。他打开水龙头，慢慢地，被剖成两片的草鱼就游动起来了。它在水池里游了一圈，静静地躺在了池底。它的眼珠闪闪发亮。它身上那些血都消失了。

钟大福洗完手，在房里坐下来。一坐下，他的思绪又到了水库里。啊，那样一个茫茫的幽深的宇宙，人要是进入到里面会产生什么样的恐惧？或者根本没有恐惧，只有身心的解放吧。但是钟大福必须考虑憋气的事，他试过，他在水中一口气只能憋两分钟。也就是说，他每隔一分多钟就得浮到水面上来呼吸。这种一分多钟一次的重复运动一定会使得自己忘记渐渐临近的危险，而将注意力集中在游水的动作上。

外面的汽车还是叫得凶，看来雾还没散。他住的这个城市总是这样，一下雾就一连好几天出门困难。钟大福这才记起来，早上他推开窗子看天时，那天空的表情已经向他暗示过这件事了，可他当时没有领悟。这种交流总是这样的——老天对他眼下的行动不感兴趣，却关心他对即将发生的事情的态度。

钟大福在巨大的水库里待了半个小时后，回到了家里。他放心不下那条鱼，便又走到厨房，往水池里看了看。草鱼是完全死了，连眼珠也失去了光泽，被剖开的肉似乎有要腐烂的迹象。他将鱼身切成几段，抹上细盐，放进了冰箱。他做这些事时，呼吸变得很急促，外面那些汽车鸣一声喇叭，他就颤抖一下。他知道他在等待某件事发生，那是什么事呢？不知道。不过也许同某个雪夜有关。他有点激动地抱着这个念头：有件事要发生，他将见证这件事。他躺了下来，因为这样就更能保持头脑的清醒。然而姑姑在门外说话了。

"大福，你看这雾会不会收上去？"姑姑紧盯着他的脸说。

"这种事我是说不准的。"

"你真不知道？连楼下停了一长排警车也不知道？"

姑姑的表情有点像黄鼠狼。钟大福忍住了笑。

"我真的不知道。"他说。

"你这样说我倒放心了。你可不要懒懒散散啊，大福。"

姑姑又不放心地瞟了他几眼，这才转身出去了。

钟大福回到床上。姑姑的到来打乱了他的思绪，现在他回想起了教他围棋的老头子。那老头的两眼如水库一样幽深，偶尔抬眼看他，他便心慌意乱。那段时间他一直想摆脱老头，姑姑却逼他去老头家。后来不知怎么的，虽然他学得很快，可老头死也不同意再教他了。这使钟大福对他充满了感激。

后来他起身去窗口边朝下望，看见了一些模模糊糊的警车的轮廓。他住的这栋楼处在刑事案件高发区，可也用不着来这么多警车嘛。他这样想问题时，就听到了叹息声。谁在叹息？声音是从上方传来的，上方是白茫茫的雾。钟大福想起来了，这像是他的围棋老师的叹息声。不过也说不准，那老头根本没来过这一带，他住在郊区。

凌晨两点时，钟大福将脑袋埋在柔软的藤萝里面，等待远方的呼唤声逼近。这栋楼里到处是人，他们在消防楼梯里面上上下下的。一个女人在那里惨叫："齐妹！齐妹啊……"看来又发生了凶杀。这种事对楼里人来说是家常便饭了。他等的不是这种声音，他等的那个呼唤迟迟不来。也许只有在雪夜时分，那呼唤才会不期而至。

"大福，你怎么能忍受的？"

姑姑的声音在房门边响了起来。不期而至的是姑姑。

"查出凶手来了吗？"钟大福平静地问。

"那是不可能的，永远。既然你没事，我走了。"

"什么？您担心我会出事？难道警察是来调查我的？"

"我看有这方面的迹象。你不用慌张。"

她上楼去了，他听见她进了消防楼梯。世事真诡秘。

钟大福的野心是使自己脑袋随着远方呼唤的律奏同藤萝一块摆动。有几回，他好像要成功了，但很快又失败了。因为心存这个隐秘的野心，他便格外地珍惜起睡眠以外的时间来。一旦进入真正的睡眠，这项活动就要停止。他尝试过利用梦境，但不知为什么在梦中，藤萝从不曾出现过。梦境是不可靠的。

今夜真怪，他一点睡意都没有。慢慢地，楼里的人终于安静下来了。钟大福并不害怕，可以说，他随时准备迎接警察局对他的调查。但关于自己是否有罪，他倒并没有多大的把握。有一次，他推倒过一名年迈的老汉，就在车库旁，因为那人向他亮出了刀子。他好像是个流浪汉，后来他死没死，钟大福再没有过问了。

"水库对于一条草鱼来说就是无边的宇宙。焦虑的女郎在堤坝上徘徊不休。"钟大福的脑海里出现这样的句子。他在漆黑中看见自己的脚指甲上有一点淡蓝色的光，那点光居然在地板上形成了一个小小的光圈，就像一只手电在那里晃动一样。这是第二次出现这种事了。这同那条鱼有关吗？那条草鱼早被他吃掉了。

他回答姑姑说自己是有社交活动的，这并不是他唱高调。他同鱼贩子，同围棋老先生，同流浪汉的关系，难道不是社交？他们不是从某种程度上改变了他的生活吗？近来让他关注的是一名年轻的民警。雾散的那天，民警从楼里出来，一双大手搭在钟大福肩上，钟大福看见了他前额的一撮白发。民警没说话，摇了摇他的肩膀就离开了。后来他又看见民警一次，民警坐在车里，表情严峻，正在沉思。钟大福想，民警留在这一带，应该同一桩案件有关。很可能就是流浪汉的案子。民警多么年轻啊，他也像他钟大福一样勤于思考吗？他走到车窗那里，想试探那小伙子一下，但他严厉地板着脸，他只好悻悻地走开去。现在钟大福在漆黑的房间里想着民警，他感到民警是他的同类，那种可以藏身于藤萝里头的家伙。民警之所以板着脸，是怕钟大福同他讲话。这个人也善于在沉默中同人建立关系。既然能调查案件，他应是人际关系方面的精通者。钟大福从窗口望下去，看见了民警的车。他是否坐在车里头？他感到那车里是有人的，但也不能确定。那民警总不能一天二十四小时坐在车里吧。

他居然下楼了，因为实在是没有睡意。

他走近那辆车，在前窗的玻璃上敲了四下。那人摇下了玻璃。

"睡不着吗？"民警在黑暗中问。

钟大福觉得民警的声音威严而隐含怒气。他小小年纪怎么会有这样的威严？是一桩案子赋予了他威严吗？

"夜里不要乱走，这里有好几个人的地盘。"

他说完又将车窗玻璃摇上去了。钟大福看见他在车里点燃打火机。

得了他的警告，钟大福不敢乱走，他小心翼翼地沿着墙回到大楼里。一进大楼又忍不住好奇，于是拐进了消防楼梯向上爬。消防楼梯里倒是有灯，但每一层都有一两个人坐在楼梯上，似乎凶杀案的余波还在这里泛滥。钟大福很别扭，想出去又不好意思，只好硬着头皮往上爬，一次次笨拙地绕过那些人。

终于上到十楼，进了房门。这么一折腾他已精疲力竭了，可还是没有睡意。他记起来坐在楼梯上的那些人也没有睡意。那么，今夜这个地区的人全都清醒着吗？这个事实让他吓了一跳。他隐隐地后悔刚才的外出。将自己暴露在众人眼中这种事，他多年来没干过了。也许捉拿的好戏等着他，也许他们就是不出手，吊他的胃口。钟大福在床上翻身之际意外地看见了夜空，是的，他透过水泥墙看见了沉默的夜空。今夜的夜空，不，应该说是清晨的天空了，有某种允诺的表情。钟大福在它的注视下心存感激地合上了双眼。他一小时之后就醒来了。

他努力地回想这件事：昨夜老天对他允诺的是一件什么事？虽然记不起来了，钟大福倒并不为这遗忘而烦恼。他觉得那应该是件好事。常有那种日子，在阴沉的蒙昧中挣扎了一个够之后，他从清晨或夜半的天空里得到某种暗示，生活中便出现了转机。啊，那些美好的转机！他在那时一遍一遍地感叹：此生苦短。

他又听见姑姑在门口说话。

"你不会有事的，大福。每次被查的都是别人。"

钟大福心存感激地想，姑姑真是个美人儿，即使岁数大了，还是同样机敏、灵动，黑眼睛总是亮闪闪的，永远明察秋毫。

钟大福走进卫生间时吓了一跳，因为墙上那面镜子里忽然映出了一个人。当然，那就是他自己。他不习惯从这面镜子里看他自己，这么长时间了，他从镜子里看到的总是那个衣服挂钩，可是现在挂钩不见了，被他自己的头部遮住了。难道这就是老天对他允诺的那件事？他一边洗脸一边将自己昨夜的夜游细细地回忆了一遍，心里的那团疑云便一点一点地散去了。这么说，昨夜被查的那个人真是他！他的脑海里像闪电一样闪过那些镜头：警车，民警，打火机的亮光，坐在楼梯上的邻居们等等。啊，真是一个惊险的夜晚！姑姑对此当然是知情的，大概她夜里不曾合眼。钟大福从前听她说过，他们钟家的人夜里睡觉的时间特别短。当时他问姑姑这是为什么，姑姑说："等你将来成年了就知道了。"

因为激动，镜子里的那张脸涨红了，即使没开灯也看得出来。昨夜真是激动人心，但他当时并不觉得，事情总是这样，要过去了才会显出它的全部意义。这就是说，他第一次成为了这个地区众所注目的焦点。为了什么呢？难道是为了他夜间的清醒？

177

钟大福家中下午有不速之客上门，客人是他的围棋老师。钟大福感到诧异，因为他学围棋是五年前的事了，他早把这事忘了。

老先生老了很多，一只眼睛上蒙着黑眼罩，进屋后摸索着前进。

"我一直想来看看我从前的学生。"

他坐下了，接过钟大福递给他的茶，用一只眼盯着杯里的茶叶，似乎将钟大福忘记了。

钟大福耐心地在心里同老先生下棋，其间因为等待过久又到窗口那里去看外面的风景。他看到那辆警车开动了，那个年轻的民警镇定地坐在车里。车子一拐，向市场方向去了。钟大福心中有种警报已解除的放松。

"老师，您赢了。"钟大福轻声地说。

老先生抬起那只眼睛看着他，于是钟大福开始感到害怕了。他的眼睛如中了邪似的同老先生的那只独眼对视，他心里想挪开却没法挪开。钟大福从那只独眼中看出了五年的沧桑，还有那种不可探测的东西。然后老先生就掉转目光笑起来了。

"大福，你在这个地区对手很多啊。我想，他们比我难对付多了吧？你夜间一直在同他们下棋吗？"

"是的，老师。"

"这我就放心了。楼下那位警察可是高手，从前也当过我的学生，你可别轻易同他下。"

他站起来，说要上楼去钟大福姑姑家，钟大福起身送他。

在楼梯上，他挽住老先生的胳膊时吃了一惊，那哪里是胳膊，分明是木棍。

姑姑搀扶着老先生坐进围椅，一边轻声询问关于他的眼疾的情况。

"眼睛并没有毛病，只不过是想改变一下视野。"他说。

钟大福站在窗子边，对于老师说出的这个句子感到迷醉。他想，老师一定对这个地区的形势尽收眼底了吧。他无意中看了一眼楼下，看见那熟悉的警车又回来了。警车停在紧靠楼门口的地方，从楼里出去的人们都慌慌张张地绕过它。年轻的民警从车里出来，双手叉腰，仰望着楼房，钟大福连忙从窗边移开。

"您觉得这孩子上路了吗？"姑姑又问。

"他已经征服了周围的这些人。我早告诉过你，你侄儿眼里有山河。我们都不必为他担心。难道还有不能下棋的地方吗？"

老先生同姑姑一问一答，说些旧事。他还从口袋里掏出一个香袋来闻，那样子有点猥琐。钟大福在心里计算着，他觉得楼下的包围圈正在收紧，事情绝不会如姑姑说的那样："每次被查的都是别人。"

后来老先生终于要走了，姑姑嘱咐钟大福搀扶老人下楼，将老人送到他家中。

钟大福在电梯里挽住那棍子似的胳膊时，背上开始冒汗了。他瞥见老师的那只独眼里有讥笑的神情。

一到楼下，老先生就甩脱钟大福的手，雄赳赳地向前走了十几米，举手招了一辆出租车，熟练地跨进车里。车门一关车就开走了。

接下去那民警就过来了，朝钟大福做了个轻佻的手势让他上警车。钟大福很沮丧，又有点好奇，他几乎是跌进了后座。

车子飞快地驶到了警察局，民警叫他进入一间封闭的小房间。

钟大福在唯一的那张木凳上坐下了。他以为民警会将他锁在里头，可没想到他居然也进来了。他站在钟大福面前，有些忸怩地将目光从他身上移开，茫然地看着墙壁，说道：

"这是局长的安排，你看这房间如何？啊？我想不通局长怎么会这么优待你。你也看见了，我过得是什么生活。可说是风餐露宿,绞索套在脖子上。我的生活苦死了，可你，一来就受优待。你可不要不知好歹啊，你看看你坐的凳，是橡木的。"

他气哼哼地走出去，锁上了房门。

钟大福将凳子移到墙边，背靠着墙闭目养神。他听到走廊里有人高声说话，很像他的老师的声音。他怎么到来了？那声音很快又消失了，周围变得一片寂静。钟大福的脑海里出现了茫茫草原，那民警骑着摩托车在草原上飞奔，追一匹狼。而他也骑着摩托车在飞奔，他是追民警。他不知道自己为什么要追民警，这种追逐的画面深深地打动着他。这会不会是老师所说的同民警下棋？这棋盘太大了。钟大福风驰电掣般飞驰着，隐隐地激动着，前面那匹凶残的老狼就是大海中的航标。他心里涌出一种得意：他受到优待了啊。然而因为他的走神，他失去了目标。民警和狼都不见了。他惶恐地停下了车。有人在弄门上那把锁，但又没开门。他们打算如何处置他？

房间虽小，窗户却很大，天花板也高，窗户几乎占了一面墙。刚进来时窗户上挂着窗帘，他还以为这间房里没有窗户呢。外面是一个绿油油的球场，一些小孩在踢球。钟大福推了推窗玻璃，窗户就完全敞开了，他只要一抬脚就可以跑到球场去。真见鬼，他可不想逃跑，他在这个房间里很惬意。

他拉上窗帘，继续闭目养神。草原又出现了，还是那匹老狼，但已不是民警追狼了，这回是狼追民警，钟大福则紧跟在狼后面。追着追着，那匹狼忽然跃向民警的背影，于是民警从车上栽到了地上。而钟大福的车子因为高速运转，刹不住，就蹿到前面去了。钟大福在一刹那间瞥见了民警那惊恐万状的惨白的脸。但他自己的车子怎么也刹不住，至少又向前冲了两公里。当他调转车身往回赶时，却再也找不到民警和狼了。他在草原上兜风，听见自己的心脏在胸膛里不耐烦地跳。后来有人叫他的名字，一声比一声近，接着门就开了。是民警，身后跟着一个穿制服的、发福的老头。民警对钟大福说，局长来了。钟大福连忙站起来，但立刻又被局长用双手按下去了。局长的手像铁钳一样。局长脸上肉很多，那双小眼陷在肉里头，却闪出锐利的光芒。

"你是犯人当中的楷模，哈哈。"

"谢谢局长！"钟大福连忙说。

"谢谢我？为什么要谢我？应该是我谢谢你嘛。你请便，就把这里当你的家吧，啊？我刚才听说了，你是独身，没什么不方便的。"

局长离开后民警又转回来了。

"刚才我真为你担心啊，关于那匹狼，你听到什么风声了吗？"

钟大福这样问民警，想从他的面部表情看出点什么来。但民警的面部毫无表情。钟大福注意到他手背上有一处伤口。

"你误会了，"民警冷冷地说，"我倒希望那是真事。同这没完没了的苦役比起来，那是更好的选择。我从不打听事情，那一类事，打听又有什么用呢？我要走了，你好自为之吧。"

他又想坐下闭目养神，却有人送晚饭来了。晚饭用一个篮子装着，放在地上。饭是米饭，菜是一条鱼和青菜。钟大福想，还真是优待他啊！可再一看，那条鱼有点不对头，很像还是活的。他用筷子点了一下鱼鳃，那鳃就动了一下。但它的确被油煎过，鱼皮黄黄的，尾巴也炸焦了。钟大福心里一阵厌恶。他将米饭和青菜吃光了，没有吃那条鱼。

他坐下来休息时，外面夜色渐深。他想再次返回草原，同那匹老狼较量，但没能成功。他脑子里变得空空的。篮子放在门边，那条鱼孤零零地躺在篮子里，显得有点滑稽。它的生命力这么强，大概也是水库里的鱼吧。钟大福在家里时，从来没有进入过大草原。这拘留室对他来说真是一个美妙的地方，民警说得很对。看来今夜得坐在这板凳上度过，他一点都不觉得这有什么困难。他睡眠时间短，在家时常常坐在椅子上过夜。房间里没有灯，一会儿就伸手不见五指了。钟大福想，今夜他会同这条鱼一块待在水底了。这样一想他心里就很舒坦。

他摸到窗户那里撩起窗帘，想观察一下足球场，可是只见到一片黑暗。于是他又摸回来坐下。

后来他想上厕所了，他就去推那张门，没想到门一推就开了。走廊里有灯，他很快找到了厕所。他在里面待了很久，脑袋里尽是奇思异想。

他从厕所出来时居然碰见了姑姑，姑姑慌慌张张地扯着他的手臂要他离开。钟大福不肯，非要回拘留室。

"那里已经没你的位置了。"姑姑的口气透出嘲笑。

果然，他去推那张门时，根本推不开。他用拳头捶了几下，里面有了响动，那人提高了嗓门说话了：

"你还想老占着这个地方啊，你想搞终身制啊！皇帝轮流做，你就谦虚一点吧！"

是民警在里面。姑姑在他旁边掩着嘴笑。

钟大福回到家门口时，又看见了警车。车里坐了一个人，但不是民警，很像曾被他推倒在地的流浪汉。钟大福在心里对自己说："今夜大概又是夜长梦多。"

马

　　在小县城的火车站候车室的一角，菊花用她随身带来的两张旧报纸铺在水泥地上，打算就这样过夜。她的行李只有一个较大的布书包和一个塑料背包。布书包里放着她认为比较重要的东西：两本微型地图册、一个笔记本、一支圆珠笔、一双半新的跑鞋。她打算睡觉时将布书包枕在头下，免得被小偷偷走。虽然已是夜里十点，不知为什么候车室里人来人往，到处都是嗡嗡的说话声，抽烟的人也很多。因为窗户关着，烟雾散不出去，人的形象就都变得影影绰绰的。

　　菊花是八点钟下的火车，那时天已经黑了，她不敢乱走，就在车站小贩那里买了一杯茶水，就着茶水吃了带来的烧饼。她必须第二天一清早赶到她的一个亲戚家去帮他们收棉花，她已经买好了汽车票。菊花家是市郊的菜农，家里比较贫穷。因为她老吵着要外出打工挣钱，她母亲就想到了老家的亲戚。亲戚所在的地区比较富裕，菊花可以去他们家帮忙，赚点小钱。于是菊花兴致勃勃地开始了这趟旅行。此刻，十四岁的她对这次行动心里有种深深的自豪感。

她低着头坐在地上，看着面前来来往往的裤腿和各式鞋子，心里想，为什么这些人不能像她一样停下来休息一下？虽然那少得可怜的三排木靠椅上面放满了行李，他们也可以像她一样坐在地上嘛。可这些人硬是要这么游游荡荡，要不就站在那里说话，抽烟。有一个人的裤腿扫到了菊花的脚面，差点要踩到她了。又过了一会，菊花慢慢地有了瞌睡了，可是她挣扎着不想睡，因为这些人同她离得太近了。有一刻，她仿佛听到两个人在谈论今年的雨水和棉花收成，待她一凝神，说话声却又消失了。紧接着又有两个人在她上面说起话来，声音虽小，却很清晰地传到她耳中，想要不听都不行。

"他怎么会做出这样的事来！诱拐女孩？"

"这里头的情况非常复杂，就像梅雨季节……"

"就像什么？"

"我想不出合适的比喻，总之难以形容。"

菊花很快地抬头瞥了说话人一眼，又低下了头。那是一男一女，都戴着草帽。为什么他们在室内也不将草帽摘下来呢？他俩还在一来一往地对话，菊花很想听，可又盼望他们走开。那面大挂钟已指向了十一点，她明天得早早醒来去赶汽车。她在矛盾中犹豫着，她的眼皮打架了。

"那地方是个真正的淫窝。有人说女孩是自愿？"女的问。

"你让我想想那个比喻……啊！"男的叫起来。

菊花被这叫声吓了一跳，抬头一望，两人正若无其事地抽烟，他们的上半身隐没在烟雾之中。他为什么要叫？

又过了一会儿，这两个人终于移动脚步，边说话边走到人群中去了。菊花躺下去，将自己的头枕着布书包，又将塑料背包的带子绕在自己的手腕上。她以为自己很快就会入睡，像在家里时一样，但她想错了。她睡在那里，感觉到候车室里有小小的骚动，似乎有几个人跑出去了，其余的人则在热烈地议论同一件事。嗡嗡嗡的说话声比先前提高了好多。菊花不想动，她想强迫自己入睡，她希望精神饱满地开始新的一天。

她将去的地方是平原，她母亲的弟弟，也就是她舅舅一家住在那里，他们家是棉花种植大户。菊花从未去过母亲的老家，只是常听母亲说起。母亲不太会表达，说来说去的总是几句干巴巴的套话，然后用"一望无边"来结束她的谈话。尽管母亲所描述的是干旱开裂的土地、做饭时烟熏火燎的场面、毒日下没完没了的劳作等等，给菊花留下了不好的印象，但她此刻仍然心潮澎湃，因为是第一次出远门到一个陌生的地方去啊，菊花才不会像母亲一样来判断那里的好与不好呢！她是去——她是去……她想到这里睡着了。

有人在踢她的脚踝，她缩起双脚，可那人还不放过。菊花真的生气了，她喊了出来："你要干什么？"然后坐起来了。奇怪的是她附近什么人也没有，候车室的烟雾已经散尽了，人们东倒西歪地靠墙坐着打瞌睡，还有一些人坐在那三排木椅上小声说话。现在屋里安静多了。虽然菊花刚才大声叫喊，却没人注意她，也许他们认为她在说梦话吧？到底有没有人踢她呢？菊花连忙检查自己的布书包，还好，地图册和笔记本都在！塑料背包里的情况却不太妙，有人偷走了她那把好看的笋壳叶小扇子。那扇子是她自己做的，上面点了红，剪了波浪，她准备送给小表妹的。她遇上贼了，刚才那贼踢了她。看看那面钟，已是四点了。菊花干脆不睡了，就坐在地上想即将到来的事。这下她想起来了，她是去看马的！

她听母亲说舅舅家旁边有个养马场，里面什么品种的马都有。菊花进城时看见过一匹马，是属于马戏团的，当时她立刻就被那匹马的眼神吸引过去了。她站在那里观察了它半个多小时，直到马戏团的人来将它牵走。后来菊花也常从书本上和电视里头看到马，但都没有那匹活马给她的震动大。每次她想到关于马的事情，那匹马的眼神就出现在脑海中，还有茫茫无际的平原上它那孤独的身影，她设想的马儿奔跑起来那神秘潇洒的步态。她见到的马戏团的马是黑色的，有点消瘦，皮毛无光，大概在城里生活得不那么愉快。想到这里，菊花抬起头扫视周围，她立刻看到有两只眼睛在瞪着她，也许就是那个贼。她警觉地站起来，朝人多的地方走过去。

"小姑娘，你是去赶马家庄的汽车吗？"旁边一位老农民问她。

"是啊，爷爷。您也是去马家庄？"

"嗯，车很快就要来了。"

"可是才四点钟啊。车票上写的六点半发车。"

"去马家庄的车从来没有准时过。你跟我走不会错的。"

竟有这种事！菊花吃惊得半天合不拢嘴。要知道外面还是一片漆黑啊！可是老头开始整理他的行李了。他将一个长长的编织袋背到背上，手提一个竹篮，朝菊花努了努嘴，说："走！"菊花感到他的编织袋里装着一些活物。

小县城马路边的路灯隔开老远才有一盏，昏昏的一点都不亮。菊花紧紧地跟着老头，生怕走丢了。没走多远就看见长途车那黑色的影子移近了。

　　搭车的人多得不得了，都在拼命往车上挤，那车显然装不下。菊花力气小，怎么使劲也挤不上去，反而被推得离车门越来越远了。她几乎绝望了，心里面出现一个很大的黑洞。车子鸣了两声喇叭，司机对着窗外破口大骂。

　　"小家伙，这边来！"那老农将半截身子伸出车窗大声喊叫。

　　菊花赶紧跑到那边，两手紧紧握住老农伸出的手。老农就像提小鸡一样猛地一下将她提上了车。车里头挤得没地方落脚，她坐在了老头的腿上。她很想检查自己背后的塑料背包，那里头装着那布书包，可她一下也动不了。

　　车里没有开灯，菊花闻到各式各样的汗味。她暗暗庆幸着，希望司机快开车。车子下面，还有不少人在奋力拼搏。老头拍拍菊花的肩，对她说：

　　"上了这长途车就等于是上了贼船，一切都由不得我们了。"

　　"会出事吗？爷爷？"她担心地问。

　　"马家庄天天出事，就看碰到谁头上。"老头幸灾乐祸地说。"你现在后悔已经迟了。刚才你不是拼了命也要上车吗？"

车子开动时，下面有几个人在号啕大哭。菊花在心里不停地说："这是怎么回事？这是怎么回事？"她在黑暗中感到身旁出现了一个空隙，于是伸直她的腿站了起来。她听到老头在说：

"你可要抓紧扶手啊。"

由于离窗子近，空气倒还可以。她甚至闻到了树叶的气味，涩涩的，好像是杨树叶子。路很不好，颠簸得厉害，菊花觉得充满了凶险，她死死地抓紧座位上的扶手。啊，要是天亮了就好得多！

司机紧急刹车，所有站着的人都摔倒了。菊花被一个胖子压在身上，她吓得发出刺耳的尖叫。又是那同一双手将她提了起来。菊花对老头儿心里充满了感激，此刻他就在她旁边。

"刚才是怎么回事啊，爷爷？"菊花小声问道。

"可能是野马吧。"老头说。

"野马？！"

"五年前从养马场跑掉一群马，从那以后公路就变得不安全了。它们倒不袭击车辆，就是顽固地站在路当中不动。你瞧，车子又发动了，这就是说，它们已经离开了。有一回，它们在路当中一动不动地站了大半天！"

尽管被挤得连动也不能动，菊花心里还是激动得不得了。她盼着天快亮，她特别想看看窗外的景色——居然有野马！想想看！她脑海里出现城墙似的一长排黑马，一律挺着胸，面对驶来的汽车。

"野马有野马的规则。"老头又咕噜了一句。

菊花还想问老头关于马的事，但老头已经打起了呼噜。

车子开得出奇地慢，好像就要停下了似的。即使看不见外面菊花也能感到车的速度。菊花想，一车人都静悄悄的，没有人着急，除了她自己。这些人的耐心真好啊，不然的话，不是要炸开锅了吗？她记起老爷爷的话：上了长途车就等于是上了贼船。她在心里祈求着：天快亮吧，天快亮吧……

也许是因为无聊，也许是因为过于紧张导致的疲劳，菊花居然站着睡着了，旁边的人听见女孩发出很响亮的鼾声。

她醒来时，车里的人全走光了，司机也下去了，车门敞开着。菊花连忙检查自己的背包——还好，布书包好好地放在里面。她向车外看了看，太阳已经升起老高了，远方有一排平顶房屋，少量的树。

下车后，发现这条公路是条断头路，再往前就是荒地。

而那车站呢，只不过是一块小小金属牌，上面有一些站名，旁边还有座破旧的木屋。

菊花走近了木屋，将脑袋伸进没有玻璃的窗口，看见了里面的瞎眼老婆婆。老婆婆朝她直挥手，口里说：

"滚，滚开！不要挡了我的光线！"

菊花定了定神，朝着远方那一排平顶房屋走去。

荒地里没有路，而且很不平坦，到处是凸出地面的石头。菊花将脚步抬得高高的，每走几步就抬头看一下远方的平房，她相信那就是村子。那一排房子看起来近，走了好久还是走不到，菊花累坏了。她突然心生一计，用尽吃奶的力气喊了起来：

"舅舅啊！舅舅啊！"

她一共喊了七八声，然后往地上坐去。

过了一会儿，她看见一个人骑着单车往她这边来了。她这一招还真灵！

少女很快骑到了菊花面前，一甩大辫子，做了个手势让她坐在车子的货架上。菊花觉得她长得像男孩，很难看。

单车在荒地里蹦跳着前进，菊花的屁股被震得很痛，她咬牙坚持着。好在路不远，一会儿就到了。

"我叫廖武，你是菊花吧？"她边下车边说。

"你怎么知道我要来？"菊花很迷惑。

"是桂爷爷说的，他说你急煎煎地要上贼船，可上了贼船又忘了下来了，所以他就先走一步了。"

"原来这样啊。武妹，这就是你们家？房子真大啊，可怎么只有一间房？我家有三间房。"

"就是只有一间，这里所有的人家都只有一间大房。我，弟弟，还有爸爸妈妈、舅公，都住在这一间房里。我们没有什么见不得人的事要躲着别人的，你说是吗？"武妹严肃地皱着眉头。

"当然啦，当然……"菊花悻悻地说，一时想不出下文了。

她红着脸，过了好一会才又试探性地问道：

"他们都去摘棉花去了吗？"

"什么棉花？你脑子里尽装一些古怪念头。我们这里不产棉花，我们这里产油菜。"

"可是我是来帮你们干活的，你们不需要人手吗？"

"不需要。我们整天闲逛。你也看到了，到处是荒地。"

"油菜地在哪里？我可以去油菜地里干活。"

"那是好几年前的事了，现在都变成了荒地。"

她俩站在屋当中说话时，房间后部的灶台那里忽然发出一声巨响，锅铲被震到了地下。门被一脚踢开，一个男人进来了。他晃了两晃，扑倒在地上。

"舅舅！舅舅！"菊花焦急地喊道。

"不要喊！爹爹正在休息呢。爹爹打老虎去了。"

武妹拿着一床粗布被单盖在她爹爹身上，她向菊花解释说：

"爹爹他们每个月都要去打老虎，可从来没打着。你等我一下，我去将猎枪拿进来。"

她出去了，好一会儿才进来，累得哼哧哼哧的。菊花从未见过那么大的猎枪，简直就是一门炮，要两个人才搬得起来。她不由自主地朝那黑洞洞的枪口望了一眼，吓得差点晕过去了。

菊花神魂颠倒地坐在板凳上，口里喃喃地念叨：

"打老虎？什么样的老虎？啊？"

"华南虎呗！"

武妹一边回答一边朝她手里塞了一个窝窝头，叫她趁热吃。

窝窝头很香，里面还有小小的红枣，菊花吃了几口之后就恢复了精神。这时她才注意到靠墙还放着另外两支巨型猎枪。她指着枪问：

"这是你的吗？"

"是啊，"武妹阴沉地点头，"我和桂爷爷一人一支。我只使用过一次，那子弹打到柳树的树干上了。有什么办法呢，该死的华南虎总是来偷马，白天也来偷。我知道我们是打不到它们的。"

"偷马!"

"每隔几天吃掉一匹马。菊花,你快睡觉吧,这是我的床。"

菊花全身簌簌发抖。她睡下了,盖上了被子。一想到房间里的泥地上还睡着一个人,她就感到无比害怕。她闭上眼,竭力不去想华南虎,将念头固定在那些骏马上。那是些什么颜色的马?菊花希望它们是黑马,像她从前看见的那匹一样。打工的希望破灭了,菊花现在一心一意地想着那些马,因为这才是她来这里的真正目的啊。可是没想到却有华南虎……这就像一个阴谋啊。菊花想到这里就进入了阴沉的梦乡。

睡在地上的舅舅很快就醒来了。他总是这样,睡一小会儿就醒来。

菊花看见房门大开,舅妈、表弟、舅公都回来了,他们身后跟着桂爷爷。

"这一次收获不小,"桂爷爷高兴地说,"只不过打偏了一点,从它的右腿擦过去了。我以为它要报复廖文呢,可它愣了一下,居然拔腿就跑。廖文,你的运气怎么这么好啊?"

"它打算留着我,下一回再来吃我。"舅舅小声说,仿佛在辩解。

菊花清清楚楚地听到了舅舅的这句话。

"舅舅啊!"她的声音就像在哭一样。

"你是谁?"舅舅警惕地问道。

"她是菊花啊! 爹爹您忘了吗?"武妹抢着回答。

"菊花? 菊花长得武高武大的,怎么变成了这么小小的?"

舅舅似乎很生气,也不像其他人一样吃窝窝头,坐在板凳上发呆。

桂爷爷走过来,拍拍菊花的头,亲切地说:

"菊花不要计较,今天上午,你舅舅的心受了伤。菊花要有耐心。"

"菊花姐姐长得很丑!"表弟嚷嚷道,做了个鬼脸。

这时武妹就坐到床边来了。她搂着菊花,好像要安慰她。

"别在乎廖十,廖十是个叛徒,帮着华南虎来打爹爹。菊花菊花,我真想让你看看华南虎啊。说老实话,我怕得要命,可还是想看个究竟。你呢?"

"我? 我想看那些马。"菊花懵懵懂懂地说。

"哈哈! 哈哈! 马!"

菊花想,武妹为什么要笑? 菊花看见舅妈站在灶台前面,她的脸像纸一样白。在她旁边舅公正在锅里炒什么东西,闻到香味好像是南瓜子。果然,一会儿他就端着一大盘香喷喷的南瓜子过来了,他催促菊花和桂爷爷多吃些。

菊花吃南瓜子时，看见舅舅和舅妈都到房子外面去了。房里的气氛立刻变得很凝重，只有廖十不时发出一声冷笑。桂爷爷不知什么时候离开了。

"武妹，舅舅还没吃饭呢！"菊花说。

"他们顾不上，他们去哭去了。"武妹冷冷地说。

"为什么哭？"

"还不是因为失败。别问了，我很烦。你不是想看马吗？跟我来。天晚了就看不成了，老虎要吃人的。"

她俩向外走时，廖十用阴险的目光钩了菊花一下。

武妹又将单车拿出来，要菊花坐在货架上。菊花踌躇了一下，她的屁股似乎肿起来了。武妹气冲冲地说：

"那就不要去了！没有单车不可能赶回来。我可不想喂老虎。"

菊花连忙坐了上去。武妹一蹬车，车子就飞跑起来，遇到石块车子就蹦得老高。菊花在酷刑中呻吟，觉得自己已经受伤了，还会伤得更重。她现在顾不上看沿途的风景了，心里一阵一阵地发紧。

武妹是那种越战越勇的战士。车轮每触上一块石头，她就高兴地发出一声"嗨哟"。她的征服欲太强了，而荒地里也不知怎么会有那么多的石头。就在菊花快撑不住了，要掉下车去了时，她们到了。

菊花看见了破败的马棚，长长的一排。马棚里却没有马。她一瘸一瘸地看了好几间马棚，全是空的，马的气味倒是很浓。

"它们全跑了。"武妹沮丧地说，"不过啊，半夜里会回来的。"

"它们跑到哪里去了？"

"是去追华南虎去了。我怎么就没想到这一点呢？白来一趟。"

"为什么追华南虎？去送死吗？"

"怎么会是送死？胡说八道。呸！这里没什么可看的了，我们慢慢走回去吧。我跑出来，爹爹要痛骂我了。我最怕的就是爹爹骂我。"

菊花有点失望，但更多的是疑惑——马儿为什么会去追华南虎？她想呀想的，想不出一点头绪来。武妹推着车走前面，她扶着车走后面。虽然没载人，那单车还是一拐一拐的，因为地太不平坦了。武妹扶着车把的手像男人的手一样骨骼粗大，比起菊花来，她真是有超人的力气！菊花想起了那小炮似的猎枪，心里对武妹很佩服。菊花一边瞅着地面，一边抽空打量周围。这个地方不是一般的荒凉，除了野草和乱石之外什么都没有。既没有一棵树也没有鸟类。难道这里先前真是油菜地或棉花地？菊花开始怀疑武妹在说谎。还有，她自己的母亲也在说谎。可她们为了什么要撒谎？她又抬头望天，天上也是什么都没有，只有那些阴沉的云。菊花记起以往如果来到辽阔的地方，天上就总是有一只鹰。

"菊花，你老远的跑到这里来，是不是想当一回英雄？"

"我没想当英雄，我就想看马。"

"哼。"

武妹不相信她的话，菊花也不想费力去使她相信，现在谁还能相信谁呢？就连自己的妈妈也是不可捉摸的了。

她们终于快到家了，那一长排平顶房可以望得见了。武妹支好单车，朝地上坐去。她害怕着什么，她那张呆板的脸扭歪了。

"武妹你说说看，先有华南虎还是先有马？"菊花冲口而出。

"当然是先有马！"武妹的脸立刻变得生动起来，"马是自己跑来的，然后有人为它们修了马棚，这里就变成了养马场。不过——不过——嗨！华南虎也不是为了偷马才来的……好像是，有马就有虎，对，肯定是这样的。它们是同一个时辰来我们这里的！爹爹可能要遭殃了，你出来的时候注意到廖十的眼色了吗？这个坏蛋！"

"他果真帮着华南虎来害舅舅吗？"

"没错。不过他做得巧妙，没人发现。菊花，我真不想回家，你自己回去吧，我夜里来叫你，我们去看马。"

菊花只好独自回到舅舅家。

家里静悄悄的，所有的人都在床上睡着了。他们一律用被单蒙着头，害怕得要命的样子，只有武妹的床空着。菊花到灶台边打水洗了脸，洗了脚，然后就在武妹的床上躺下了。武妹的枕头散发出好闻的气味，像兰花的气味，菊花很快睡着了。

她一直睡到天黑才醒。

大家围着圆桌吃饭。菊花看见武妹的一边脸肿了起来，好像刚哭过。她是不是挨打了？菊花想，舅舅如果知道武妹有多么爱他，他就不会打她了。舅舅为了老虎的事发疯了，他脾气真坏。

吃完饭，除了武妹其他人都出去了。菊花帮着武妹收拾。

"我今天看见那只虎了，全身亮闪闪的，它跳进了河里。"

"马呢？马也在河里吗？"

"不，马不在河里，马躲起来了。那些马啊，我感觉到它们就藏在附近。它们和老虎做游戏。菊花你白天睡了那么久，夜里一定有精神了，我们再到那边去吧。"

"你是说再去马棚？"

"不，不去马棚，就在这附近。你会看到野马奔腾。"

"野马？"

"对。这些马原来都是野生的，它们自己在我们这附近聚拢来的，可能它们觉得我们这些人很亲切吧，你说呢？"

"的确是这样。"菊花点头同意。

菊花一边洗着碗一边就陷入了冥想。她想到多年前的某一天，那一大群黑马在荒地里聚集的情景。就像电视里看过的那样，仰着头朝天鸣叫。

"舅舅他们是去护马去了吗？"

"你真聪明。我告诉你一个秘密吧，那些马根本就不喜欢爹爹去保护它们。我早看出来了，爹爹也看出来了。可是爹爹没有办法，这是他的工作。"

她们出门了，一前一后往西边走，武妹大踏步在前，菊花紧张地紧跟，生怕被石头绊倒。荒地里还是那样，什么都没有，月亮倒是很亮。菊花兴奋地想，如果马儿出现了，就可以看得清清楚楚！

武妹忽然停下了。菊花看见一个低矮的茅棚，茅棚里黑洞洞的。武妹凑到茅棚跟前说起话来。

"爹爹啊，您已经尽力了，为什么还要这样痛苦呢？那只虎是跑掉了，可您是故意让它跑掉的啊！只有我和桂爷爷明白您的心思。以前您不是老对我说，要振作精神做一个猎人吗？我和妈妈知道您不会倒下，可是您一夜接一夜地坐在这个茅棚里，叫我们怎么能放心？爹爹，我爱您，妈妈和舅公也爱您，只有廖十不爱。不，我说错了，廖十也爱您一点点，您瞧，那些马都过来了，我们该怎么办啊……"

菊花睁大眼看四周，根本没有马的影子。

武妹终于诉完了。她回转身扑进菊花怀中，用双手蒙住脸，说：

"菊花，我真丢人，我羞死了，我怎么办啊……"

"不要紧，武妹，所有的人都知道你爱你爹。谁又能猜得准老虎的事呢？不要想得太多。"菊花安慰她说。

"我们走吧！"武妹说。

她头也不回地离开茅棚，向另一个方向迈开脚步。她走得那么快，菊花差点要跟不上了。

"武妹武妹，我要被石头绊倒了，你能不能慢一点啊？"

"不能。我们快来不及了。你看到河了吗？"

"河在哪里？没有河啊，只有这荒地。"

武妹闷着头走，像在匆匆赶路一样。菊花将腿抬得老高，生怕摔倒。万籁俱寂，只听到两个人的脚步声。这种景象勾起菊花奇怪的想象，她觉得，自己仿佛在未懂事之前由母亲领着来过这里。要不，这种生怕摔倒的感觉怎么会这么熟悉？她想问问武妹，可武妹走得那么快，她要想不摔跟头就最好别开口。菊花在心里鼓励自己：一定要跟上啊！

走了长长一段路之后，武妹又问她：

"你看见河了吗？那边亮闪闪的？"

"没有啊，哪里亮闪闪的？"

武妹不回答她，继续闷头走。菊花心里很生气。

真是没有河。无论菊花怎么用力看也没看到。月亮这么亮晃晃的，难道她还会分不清哪是水哪是地？她在心里猜测，要是看见河，也就会看见华南虎，要是看见老虎，也就会看见马群……想到这里，她又清晰地记起来了——她的确来过这里！母亲拖着她飞跑，她把鞋都跑掉了一只，边跑边哭。那一次，是不是有老虎在追她们？

"人人都想同它们正面相遇，那些马也想。"武妹回过头来说。

"我明白，我明白！"菊花立即回应。

武妹突然跑起来了，辫子也飞扬起来。菊花哪里跑得过她，她没跑多远就被石头绊倒在地了。等到她挣扎着站起来时，武妹已跑得没踪影了。菊花心里空虚得想哭，可她一抬眼居然看到了舅舅的家。多么奇怪啊，她俩一块走了那么远，怎么又绕回来了？

旁边那栋房子的邻居看见了菊花，高声对她说道：

"廖文家的妹妹，你怎么一个人站在黑地里？我们这里不安全，是老虎出没的地方。他们都走了吗？丢下你一个人在这里？该死！"

那邻居也怪，喊完这些话就进屋去了，将门关得嘭的一响。菊花看见他将家里的灯也熄了。

还好，舅舅家的门是虚掩着的，灯也开着，好像有人进来过。屋里满地南瓜子壳，是不是廖十进来过？菊花看看五屉柜上的闹钟，已是深夜一点了。

她在武妹的床上坐下，回想来马家庄后发生的这些事，不祥的预感从心中升起。她冲到门那里，将门闩死，这才又回到床上，吐出一口气。母亲为什么要说这里很富裕？难道她多年没回老家，还不知道老家已经变成这种穷山恶水之地了？还是她说的"富裕"是指的别的事？不过马群肯定是有的，她不是到过养马场，闻到马的气息了吗？

屋后突然发出巨响，菊花惊跳起来。好像是什么人在炸山，这附近有山吗？也可能是他们在用那小钢炮似的猎枪打华南虎？菊花从后窗那里向外看，她看见了火把。天哪，那么多火把！火把一直延伸到远方，他们是针对老虎来的吗？有人在这附近喊："桂爷爷！桂爷爷！"

菊花想去将门打开，可是门被武妹一脚踹开了。她冲进来大哭。

"爹爹……爹爹赢了！爹爹赢了！"她边哭边说。

接着舅妈、舅公和廖十也进来了。菊花看见舅妈的脸更白了，像裹尸布一样。这一行人默默地到灶台那里去洗脸，洗手，洗脚。屋里的空气很凝重。

武妹一个人扑在床上哭，将脸埋在枕头里。

所有的人都上床了，武妹也停止了啜泣。舅妈发出一声长长的呻吟，然后就熄了灯。菊花摸索着坐到武妹的床边，悄声问她：

"武妹，舅舅在哪里？"

"他骑着大黑马过河了。好像是他向老虎开枪了，又好像是那虎掉转头来袭击了大黑马。隔得远，我没看清。不过我听到他吹起了哨子。那些亡命逃犯打了胜仗就要吹哨子。"

"谁是亡命逃犯？"菊花紧张得发抖了。

"比如像桂爷爷就是。老虎咬过他儿次都没咬死。"

"啊？！"

"菊花，你去门外看看，我听见有东西过来了。它不会伤害外地人。"

菊花将门开一条缝，看见了皎洁的月光中的那匹黑马。它多么美！多么精神！它一动不动地靠着那块巨石，难道它已经死了？菊花倒抽一口凉气。武妹在小声唤她。

菊花害怕地回到床边。

"大黑马死了吗？"

"是啊。"武妹喘着气说，"它不是老虎咬死的，它的心脏破了。"

"你怎么知道？"

"所有的马，一面对华南虎，心脏就破裂了。"

"是为这个，它们才要去见老虎吧？"

"它们就像爹爹一样热情。"

夜里菊花睡不着。每当她要合眼，就有东西拂着她的面孔，像是马的鬃毛。后半夜，屋里睡的几个人都在说胡话，什么打呀杀呀的，弄得氛围很紧张。菊花又起身去门那里看了一次。这一回，她看到黑马在荒地里奔腾着跑远了，马背上好像真的有一个人。

黎明前，她心满意足地进入了梦乡。

她醒来时看见武妹沉着脸站在她面前。其余的人都出去了。

"你今天回家去吧，马家庄不欢迎外人。"武妹说话时眼珠翻上去。

"可我是你们的亲戚啊。"

"那也一样。再说我现在到了关键时刻，我要和爹爹搞好关系，不然就来不及了。你也看见了，爹爹一夜接一夜地坐在茅棚里，他的身体情况不妙。还有黑马……你不是都看见了吗？"

"我还想看看马群啊。"

"你不会再见到它们了。这种事可遇不可求。"

武妹始终板着脸。菊花洗漱，吃早饭，心里很空虚。

然后她就收拾了自己的背包和布书包，默默地走出了门。

武妹拖出单车，弄得哐当一声响。她做了个手势让菊花坐上去，接着她就猛踩起来。

菊花看了看天，天是阴的，空中没有鹰。她只看到了黑马的一个背影，这算是幸运还是不幸运？剧烈的颠簸使她没法思考这事。看着武妹那有力的长腿蹬车的形态，菊花觉得自己比起她来简直是个婴儿。菊花又看了看脚下，荒地是真正的荒地，除了草和乱石什么也没有。

她们到了车站。菊花注意到，车站旁的茅棚同舅舅夜里所待的茅棚是同样的形状。可先前这里并不是茅棚，而是破旧的木屋啊。武妹凑近那黑洞洞的门口，大声吆喝：

"买票买票！"

她掏钱为菊花买好了票，菊花感谢了她。

"武妹，这里是华南虎经过的地方吗？"菊花问。

"是的。你坐在车里可不要伸出头来看外面！很危险。当然这一来你就看不到马群了。我要去爹爹那儿了，再见！"

"再见。"菊花失落地说。

接下去的一切菊花如在梦中度过的一样：上车；一动不动地坐着；下车；转火车；下火车；重见熟悉的城市；再坐公共汽车回到郊区的家中。

"菊花，你看到大黑马了吗？"妈妈从菜地里回来，劈面就问。

"那不是真的。"菊花说。

"那就是真马。"妈妈严肃地强调，"你大老远跑去看它，不会白跑的。"

去旅行

　　他在暮色中到达了城市，站在沿江大道的人行道上倾听。有人在市里的人群中歌唱，歌声忽高忽低，居然传到了他这里。那是哀歌，却又充满了欢乐。他一直在走，他不知道是迎着歌声走去呢，还是离那歌声越来越远。其实，那歌声始终伴随着他，伤感的、激情的歌声。他又折回来走原路了，他知道那歌声是一种诱惑。天庭里最后那点亮光变成了淡紫色，然后就消失了。那歌手真是不知疲倦啊。

　　现在他是走在阴影中了，因为隔开很远才有一盏路灯。二十多年前，在这个有点土气的城市里，一位下层的妇女收留过他。当时他躺在酷热的木板房里，在煎熬中等待那笨重的脚步声临近，每天如此。女人的眉毛又短又粗，上唇有胡须。她做的饭菜很粗糙，用两个瓦罐盛着。然而这样的伙食对于疗伤有奇效。不到半个月他身上的伤口就愈合了。"我把你养肥，是为了宰杀你。你太瘦了。"女人笑起来，露出残缺的门牙。

她要同他握手。她的手干硬，温暖。他想，这双手也能杀人吗？他将信将疑，暗暗地在心里打着主意。

他选定了一个暴雨天里出逃。此地常下雨，每次下暴雨她就来得晚。

有一辆运绵羊的敞篷货车停在他那条街的对面，他一咬牙爬上去，伤口裂开了，他疼得晕了过去。他醒来时，货车开动着，湿漉漉的羊蹄不时踩到他的身上。他坐了起来，雨太大了，什么都看不见，然而听到凄厉的叫声，是那个女人发出的，她在追赶这辆车。她怎么追得上？他心怀歉意，用两根指头塞住两耳，身体因为伤口的剧痛而绷得紧紧的。三只绵羊紧紧地挨着他，也在发抖。后来他顶不住了，放下他的手，那女人的声音便不再响起了。他想，为什么要逃走？

天黑了，车子还在开。他一下子明白过来：车子是开到屠宰场去的。羊的肚子底下有热气，他将双手伸进去。同血肉之躯的接触让他感到自己一下子死不了。

那一回他的确没死，也因此同这座城结下了不解之缘。

阴影越来越浓，他的脚步放慢了。这个时候，歌声是离得越来越远了，似有若无。多么好的天气啊，温暖的微风吹在脸上，这风是从江面吹来的。终于，他觉得自己打定了主意，他穿过马路，到了沿江大道的对面，从那里插入一条小街，茫然地往前走。他不能确定这是不是那个地方，他只能凭着模糊的记忆边走边看。

在小酒馆里，他分辨出了那种节奏奇怪的本地话。从前他听不懂，现在却无师自通地听懂了。一名汉子拍拍他的肩，说道：

"老弟啊，不要折腾了，住下来吧，河里有草鱼，天上有野鸽子，我们这个地方不让人失望。心中有苦恼吗？听歌去！"

他回过头，看见汉子已经摇摇晃晃地消失在外面的夜色之中。

桌旁的那些人都在笑，都说："住下来吧。"

他想，他怎么会在这里的？他提着他的破皮箱就来了，他是从远方来的，坐过火车，坐过船，还坐过长途汽车。他的皮箱很轻，里面只有几件衣物。

"住哪里？"他茫然地问。

他们都指着另外那张桌子旁的汉子，齐声说：

"你跟他走！"

另外那张桌旁的留胡须的汉子站起来了，他也站起来了。

他俩一前一后地出了酒馆。那汉子不时回头看他，似乎认为自己对他负有责任一样。他俩在那条长长的小街上走了很久。后来汉子就停下来，借着路灯的灯光打量他，想说什么又不好意思的样子，摸着下巴底下的胡子。

　　"你是去找人的吧？"汉子突然响亮地说，吓了他一跳。

　　"对，我是要找人。可现在我先要找一家旅馆。"他说。

　　"这里没有。"

　　"城里怎么会没有旅馆？客人来这里怎么办？"

　　"看情况嘛，一般都住到本地人家里去。"

　　"我记起来了，我以前也是住在本地人家里。不过这一次我不想住了。"

　　"那你想干什么？"

　　汉子紧握拳头，好像要给他一下一样。他本能地弓起了背，二十年前的伤口居然隐隐作痛起来。但汉子却没有打他，反而甩下他快步走进一家人家去了。他看见那家的门开了一下又关上了，却始终留着一条缝透出灯光。

　　他忍不住好奇心，就悄悄溜到那门边。

　　"他来了吗？"一个女人在问汉子。

　　汉子没有回答。

　　"你怎么把他留在这么危险的地方！"女人提高了嗓门，"今夜要溃堤！"

　　他想，今夜溃堤有什么关系？这里离沿江大道比较远嘛。不过她这是不是暗示自己的死期到了？一生中两次虎口逃生的可能性有多大？他的腿一直在抖，他跪下去了。他盼望这门紧紧关上，可又盼望这门一下子打开。但那张门既不关也不开，始终留着一条缝。里面那两人却不说话了。

他靠墙坐下来，破皮箱放在身边。

有一刻，街口那里出现了一辆人力三轮车，缓慢地往他这边移动，让他心里蠢蠢欲动。车子快到他这里时，那车夫突然掉转了头，重又往街口去了。他睡着了。

半夜醒来，身上湿漉漉的，一伸手摸到了绵羊，绵羊比他湿得更厉害。天上在下雨呢。那张门黑洞洞的。他站起来，活动了几下发麻的腿，提着皮箱去推门，推开了，进到屋里。他感觉绵羊也进去了，同他并排站在那里。宰杀的事并没发生。

屋里什么也看不见。这时女人说话了，是很悦耳的本地话：

"你随便吧，现在都一样了，反正已经溃堤了。"

绵羊变矮了，大概在休息。他往地上一坐，却坐在一张软凳上了。他感到很冷。他没经思考就说出了这样一句话：

"那年在堤上飞奔的那人是我还是你？"

"你还记得啊。是谁又有什么关系？我希望是你，可

214

是没有证据。"

她走过来，要牵走那头羊。绵羊哀哀地叫，在他听起来简直惊天动地。

她把羊牵到后面去了，他想跟了去，走了几步就被一只矮凳绊了一个跟头。他于慌乱中听见酒店那汉子在讲话。

"怎么可以乱动呢？这里又不是旅馆。我告诉了你城里没有旅馆。你是想去救那只羊吧？没有用的。你倒是可以向后转，趁这个时候跑掉。"

"我年纪大了，跑起来太费力。再说我也好奇。"他说。

他听到外面雨下得很凶，便喃喃地念叨："真是恐怖之夜啊。"

"你不想住在本地人家里，你打算怎么办？"

"我不知道。"

他怕再摔跤，就像猫一样慢慢爬动。他想回到门边，以便可以随时逃跑。他爬来爬去的，然后又站起来判断，但怎么也找不到那张门了。这间房无限地扩大了，黑洞洞的，也不知电灯开关在哪里。有一刻，他担忧着那只羊，不过很快又将羊抛到了脑后。

"黄昏的时候，是谁在广场上唱歌？"他问那汉子。

"是我。"汉子忧郁地回答。

"你用歌声向她告别吗？"

"你听出来了啊。我每天都要向她告别，你想想，这生活有多么可怕。"

"是够可怕的。可我还是羡慕你。我摸到我的皮箱了。"

"好好抓住你的皮箱。一会儿你就什么都抓不到了。"

他们沉默了。他在等那个时刻到来。他很想体验一下汉子的意境。他在脑海里更加美化了他的歌声，他感到如此地留恋这个世界。

不知过了多久——应该很久吧，屋子后部有了窸窸窣窣的响声。他注意地听着，全身像火烧一样。

一阵桌椅倒下的乱响。什么东西冲过来了，应该是那只绵羊。也许女人在加害于它。他往自以为是墙的方向避开去。他的双手没有摸到墙，却摸到了那张门。轻轻一推门就开了，他拼命在暴雨中奔跑。前方有小小的光亮，他追逐着那光亮。他一边跑一边想：皮箱已经丢掉了。

他跑了好久才到了那光亮处，却原来是河。河水在暴雨中翻腾着。到处是点点阴森的小光。他站在一个亭子下面，听见雨在渐渐小下去。那汉子又唱歌了，还是像在人群中唱，因为他隐隐听到了人群的欢呼。他再认真倾听，真的就从歌声中听出了那种永别的意味。他失去了皮箱，幸亏身上还有些钱，他不得不同这个诡异的城市告别了。但这不会是永别，他确信这一点。可他多么渴望自己也像那汉子一样，拥有那种永别的境界啊！

有人来亭子下面躲雨了，这个人也没有伞，浑身淋得透湿。

"您在这里听歌吗？"这个人的声音很柔和。

"对啊。您知道是谁在唱吗？"

"是我弟弟。他是中学生，却有一副成年人的嗓子。他瞒过了很多人，其实啊，他只有十五岁！"

"他用歌声向谁告别？"

"大概是向青春吧。这座城很伤感，外地人都不习惯。"

他还想问这个人一些事，但是这个人跑掉了。雨中传来他断断续续的声音：

"别忘了……再来啊……客人。此地有……良辰美景……"

雨完全停下来时，天麻麻亮了。有一个高大的人影出现在沿江大道上。他走出亭子，向那人影走过去。他越靠近那影，那人影就越扩张，到了面前，差不多有四层楼高了。而且也不是人影，就是晃动的黑影。这时歌声又响起来了，是女中音，同二十年前收留他的那个女人的声音一模一样，简直令人毛骨悚然。

那是巨大的乡村剧场，没有戏台，就在平原上的一大块空地上演出。男女老少都围着那块空地。演员一律穿黑袍。他从外围挤进去时，戏已经上演好久了。他发现那些看戏的人并没有盯着剧场里的演员，而是都在走神，或者说都在紧张地等待着什么事发生。从他们的表情揣测，将要发生的事同正在上演的戏应该是没有关系的。

起先有两个演员在场子里走来走去，后来两人当中的一个走到人群中去了。人群开始了小小的骚动，这两人在对唱。那对唱妙不可言，一个在场子里，另一个仿佛在远方的山坡上。场外那一个的歌声里夹着林涛，忽起忽落。人群蠕动起来了，他感觉到这些观众都在寻找那另外一名演员，他们可以听到他的歌声，但找不到他。他被观众推向外围，不由自主地想起了来这里的初衷。

他是在他人生旅途最昏暗的日子里流落到这个地方的。这里没有任何村庄，只有一些秘密的地洞，他从来没有弄清过人们是从哪里钻出来的。常常是一下子就拥出一大群，隔得远远地望着他。后来他们就开始给他送窝窝头和水。每当他想接近他们，他们便惊异地奔逃。白天里，他用一根棍子到处戳地面，想找到这些人的洞穴，因为他打定了主意要重新投入到人群中去。他的劳动没有任何成果。广大的平原上只是东一块西一块地种着一些小麦。还有荒草。他只能在荒草中入眠，那些人给他送来了草荐和棉被。

他同他们就这样对峙着，他在地上，他们在地下。

有时，在星光的照耀下，他会忍不住像狼一样嗥叫起来。后来，他记不清自己已经在这里待了多久了。此地没有季节，总是这同一样的、不太冷的天气。他偶尔也听到过此地人的片言只语，那是他很难听懂的语言，当顺风将那些句子送到他耳边时，他听出了他们心中的自满自足。他们一出来就是这里一群那里一群。他曾目睹他们回自己的家，他离得远远地看他们一个一个地消失。过后他跑到那里一看，洞口在哪里呢？根本就没有。

看戏的观众忽然挤着他了。他们以他为中心挤过来，这些人似乎身不由己。他的脚很快离了地，与此同时，场外那名演员的歌声变得清晰了。这附近没有山，也没有森林，他跑到邻县去了吗？他被观众夹着抬着，一会儿往东，一会儿往西。他比所有的人都高了两个头，因此能将剧场里的情形看个清楚了。

剧场里的灯已黑了，黄昏已降临，演员们全退下了，只除了原先那个对唱者。现在对唱者孤零零地站在场子中间，那不知身处何方的对手在同他一问一答。而观众们的情绪热得要爆炸了似的。他在观众的上方，他感到剧烈的眩晕，真是难受的时刻啊。由于他的拼死挣扎，围堵他的圈子渐渐松散了。终于，他落到了地上。在不到一分钟之内，所有的观众都消失了，他眼前仅剩下那名对唱的黑影般的演员。演员已经不唱了，正在收拾他的行头准备离开此地。到处都是黑糊糊的,阴沉的风在吹。

他朝他走拢去,谨慎地问他说:

"您的同伴去哪里了? 您是去找他吗? "

演员将演出服收进木箱,穿上普通农民的衣服。他回答说:

"他就在这附近。我们都住在附近。您就从来没见过我们吗? 下一次,您可要更仔细地观察啊。您瞧这些鸟儿,在您头上飞来飞去,它们同您多么熟悉。"

他挑起两只木箱就走,他只走了半分钟就隐没到地下去了。看来这名演员真的是住在地下,正如他的那些同事和乡亲。

现在只有他一个人留在黑暗中了,然而却有人在对他说话。

"这差不多是豁山命来的演出呢,您说是吗? "

"为什么是豁出命来? "他问。

"因为今夜有空袭啊。"

他打着寒战回到自己的窝,那人不远不近地跟着他,他却看不见对方。他想,既然自己并不知道今夜有空袭,对他来说也就谈不上勇气了。

本来他已经摊开被子打算睡了,却又听到了那来自山坡伴着林涛的歌声。那个看不见的人老在他耳边说:

"您听嘛,您听嘛,他还在演出呢。他不会停止的,您就等着瞧好了。"

他听得发呆，然后他说：

"这个演员在哪里？"

"哪里都不在。您只管听吧。"

"他是为我一个人演出？"

"还会为谁呢？"看不见的人笑了起来，笑得刻毒。

歌声慢慢地变得暧昧了，有点淫荡，有点含糊不清。到后来就成了难以理解的声音了。那声音让他焦虑。隐形人没再出声了。

他在草荐上躺下，用被子蒙住头。当他用被子蒙住了头时，那歌声就变得像清泉一样悦耳了。在这个漆黑的夜里，他想起了他的旧居门前矮树上那些艳丽的毛毛虫。从前，他可以一连几小时一动不动地站在那里观察那些热情的图案。今夜有人为他演出，他将在歌声的伴随下进入那个从前拒绝了他的、热情似火的世界。他脑子里开始出现图案，一幅比一幅色彩更丰富，更美。

后来那演员就不唱了，他听到地下隐约响起男声合唱。再后来，什么声音都没有了。他从被子里伸出头，举起手，但他看不见自己的手。隐形人说：

"冬青树在您左边，步子要跨得大一点。"

这一次他来到了集市。他从未见过这么大的集市，好像一直延伸到天边去了似的。五彩的挂毯，银饰，海螺。光的海洋。他是来找人的，可他迷失了他的心，把要找的那个人也忘记了。他轻轻地对每一个人迎面走来的人说：

"谁？谁？谁……"

人们走过去了，没人注意到他。

有一个老女人在向他招手，她的摊位卖地毯。纯羊毛的地毯，有驼色的、烟色的、玉绿色的，还有银色的。在露天里，这些地毯就像灵动的美女。

"我年轻的时候……"老女人说。

"我可以看看地毯吗？我想一张一张地看。"

"当然可以。不过你啊，必须钻进去看。"

她指了指堆得高高的地毯，他看到那一堆的侧面有一个洞。

"钻进去？"他尴尬地站在那里说。

老女人一把将他拉过去，塞进那洞里。

里面是一条羊毛通道，很温暖，羊毛的气味也不难闻。因为没有光线，他拿不准要不要往里面走，便就地坐了下来——坐在柔软的拉毛地毯上了。他问自己：他能看到什么？他想了一想，认为自己看到了一切。他又伸手触摸四周，他认为自己摸到了一切。在黑暗中，他看到了自己一岁半时的形象。他摇摇晃晃地扑向一只毛茸茸的沙发，正在那时，从窗外传来火车汽笛的声音。现在他坐在羊毛中思考，那会是谁的房间？不是他的，也不是母亲的，那是一个陌生的房间。大概老妇人知道他并不是要看地毯。这是一个奇怪的集市，位置就在沙漠边。由此可以推想出，每一个摊位都是一个点，一个同中心相连的点。

他决定掉转目光。于是他看到了隐秘的景象。在石墓形状的房子里，一男一女在织毛袜，两人都面对那张敞开的门坐着。他们的动作柔韧而准确，模糊的五官显得呆板。什么地方在敲钟，也许附近有一所小学。他还想看清楚一点，但那张灰色的铁门自动地关上了，屋檐开始往下滴水，水又化为雾，一切形象都变得更模糊了。他朝着羊毛通道外面喊：

"我看到了！我看到了！"

老妇人没有回答他。他忽然想起来，并不是她要他看，是他自己要看的啊。当时他想将那些美丽的地毯一张一张地看个够。那么迷人的地毯，一定要钻到里面去才看得清。可地毯里面的景象完全不是他先前设想的那种美，而是，怎么说呢，一种渴望。渴望看到某些从未谋面的事和人。可这种激情又是由露天里的地毯的色彩唤起的。他站起来，用双手触摸着羊毛，他看到第一个形象后面紧跟着第二个形象，第二个形象后面又有第三个。第三个后面还有……他感到有些不适应了，于是转身向外走，走出了羊毛洞穴。

外面的光线令他头晕，他蹲下来，用手蒙着眼。

"你看上了哪一张？"老女人问他。

"我拿不定主意，好像是烟色的？不，应该是玉色的。"

过了好久他才拿开手看外面。他看见了什么呢？什么也没有。老女人不见了。

地毯全部搬走了，柜台上空空的。对面摊位卖银餐具的中年男子过来了。

"您啊，不要为这种事沮丧。她是个喜怒无常的老妇人。俗话说得好'买卖不成仁义在'嘛。再说您也在她这里长了见识。"

中年男子留着小黑胡子，性格爽朗。他邀他去他摊位上看一些银餐具。

"那是为国王配制的！"他自豪地宣称。

他随摊主来到他的摊位，坐了下来，他感到这些银器的光芒穿透了他的整个身体，他的全身暖洋洋的。

"您猜猜看我的作坊在哪里？"摊主看着他说。

"会不会在这地下？"

"天哪，您该有多么聪明！正是这样，我在没有一丝光的地下作坊里制作，所以它们才能焕发全部的光！您瞧这个银匙……"

他下意识地用手挡住那银匙射过来的光，他的手背上掠过一阵刺痛。

"啊，对不起！"

他放下他的手，可他看见摊主手中并没有银匙。这个人在变戏法吗？

"不，这都是非卖品！"摊主朝着他的货物手一挥。

"我不买，我说了要买？这些发光的东西，怎么这么厉害……"

他变得语无伦次了。可是摊主追着他问：

"您怎样看？您怎样看？啊……"摊主的身影在那一团银光中渐渐缩小，声音变得很细弱。

他惊恐地想，这个地下作坊出来的幽灵，很快就要化掉了！

"那就像仙人掌，"他冲口说出了这个比喻，激动起来，"对了，正是仙人掌。扎在我的手上。您听到了吗？"但是摊主没有听到，他正在消失。银器的白光如白色的火焰。

他站了起来，背转身，看到了自己投在地上的长长的阴影。他根据心中的尺度用目光测量着地下作坊的位置。

当他再回转身来时，便被光流击倒了。在他的眼前，那些银餐具无限地放大着。他看见了银的城墙，银砖上精巧的花纹。每当他伸出手去，那城墙就后退了。他无声地对自己说："那会是什么样的作坊啊，不可思议。"

"您有茶壶吗？"一个女人在问。

他从地上爬了起来。

"我不是摊主。"

"您就是。我认识您。从地下作坊出来的人身上都有标记。"

女人笑着，露出雪白的牙齿。

"我知道这里都是非卖品，我并不要买东西。我只是过来看看，对您说几句话。今天是一个多么特别的日子啊。因为您来了，这些银器就焕发出它们的光芒。以前在地下的时候，它们收敛得太久了。您看我像不像它们？在这个集市上有不少像我一样的女人。"

"很像，像极了。您也织地毯吗？"

"嗯，也织地毯。我还以为您不会来了呢，那它们就见不到天日了。"

他感到女人的语气里有责备。他使劲地回忆：自己是如何来到集市的？他只记得一条线索，那就是他是来找人的。要找的那个人当然是被他遗忘了。女人离开时，他听到银器发出喳喳的响声，仿佛应和她的脚步似的。她轻盈地走到离得远远的那些五颜六色的摊位那边去了。

"您可要注意那把茶壶啊！"她在那边冲他喊道。

他低下头来，轻轻地抚摸着身边的银器。

他又一转身，看见自己身下的那条阴影更黑、更浓了。

旧居

　　她不是自愿地放弃她在市里那套平房的。二十年前，周一贞生了一场重病，只好卖掉房子，搬到这远郊的旧宿舍楼里来住。这是轮胎厂的宿舍。本来她以为自己会死，就对她的丈夫徐生说：

　　"你再耐烦等个一年两年就解脱了。"

　　徐生眼一瞪，反驳说：

　　"生死由天定，不是我们想怎么就能怎么的。"

　　周一贞在轮胎厂的宿舍房里苦挨。不知从哪一天起，她突然就觉得自己不会死了。她从附近的毛纺厂接了些活儿回家来干。她织手工绒线帽和围巾，每天做完饭就坐在阳台上干活，身体居然一天比一天硬朗起来了。郊区的空气比城里好，也能吃到新鲜的蔬菜，周一贞的身体恢复了正常。那场噩梦在她记忆中渐渐变得淡漠了。

好多年里头，老伴徐生从不提起从前的旧居，怕她伤感。

虽然坐公交车去城里费不了多少时间，周一贞还是从来没有回到旧居去看过。她倒不是个爱伤感的人，只是她在那个院里住了大半辈子，在那里上小学、中学，在那里进工厂，在那里结婚，生女儿，那平房留给她的记忆太多了。她现在已经离开了二十年，梦里面还常常是在那里生活，倒是轮胎厂宿舍很少梦到过。

星期三下午，周一贞正准备去毛纺厂交货（她织了一些宝宝鞋，可以得到较高的工钱），忽然电话铃响了。不是女儿小镜，是一个陌生的女人。她问周一贞什么时候回访她的旧居，仿佛她们之间有过约定似的。她一开口周一贞就记起来了，她正是房子后来的主人啊。

买她房子的是个单身女人，比她小五六岁，名叫朱煤，在一家设计院工作。周一贞记得在交房的那个傍晚，朱煤一直站在半开的门后面的阴影里，好像不愿别人将她的表情看得太清一样。这么多年都已经过去了，朱煤还惦记着自己，周一贞感到莫名的紧张。周一贞在电话里说自己还没想过要不要回旧居看看这个问题呢，不过她很感激朱煤，看来她将房子卖给她这件事是做对了。

"做没做对，您回来看看不就知道了吗？啊？"朱煤说。

"好啊好啊，我星期六来吧。"

一放下电话周一贞就焦虑起来了。她怎么能答应这种事呢？倒不是她信迷信，或有什么忌讳，但她就是没有把握去面对从前那场病，这是她唯一没有把握的事。静脉注射啊，大把吞药丸啊，还有最恐怖的化疗啊，这些黑色的记忆几乎已被她埋葬了，难道又要重返？再说老伴徐生要是知道了也不会同意的吧。

从毛纺厂回来的路上，周一贞的情绪变好了。她意外地得到了两百元，两百元啊！这是她和徐生三个月的生活费了。虽然已经五十五岁了，她感到自己从来没有像现在这样精力充沛过。路上到处是一片一片的绿色，花儿也开得正旺，周一贞走出了毛毛汗，脑子里又构思出了一款宝宝鞋，她差点要笑出了声。快到家时，她做出了决定：星期六下午去城里的旧居看看。她为自己做出了这个决定感到自豪。

晚饭后，她对老伴说了这件事。

"朱煤可不是个一般的女人。"徐生说。

"你的意思是我最好不要去？"

"不不，我不是这个意思。为什么不去？既然你想去，就去。"

徐生的回答出乎周一贞的意料。周一贞知道他绝不是不关心她而信口说说，那么，他是出于什么理由认为她应该重返旧居？徐生是一个性格很直，也比较简单的人，连他都认为她可以回去看看，那她此行大概不会有问题了。再说她对旧居还是有好奇心的。

三天的等待很快就过去了。这三天里头周一贞又织出了一款式样全新的宝宝鞋，简直漂亮极了。老徐也拿着绒线鞋左看右看，跟着她乐。还说："你可要记得将你的编织手艺的水平告诉朱煤啊。"周一贞问他为什么非得告诉朱煤，他的理由很奇怪。他说：

"不要让她小看了我们。"

周一贞听了吃一惊，觉得连老伴这样的人说话也怪里怪气了。

"我才不管人家如何看我呢。"她回敬徐生说。

"那就好。"

周一贞坐在公交车上有点紧张，她对这次重返还是有点担心的。她在心里反复对自己说，如果将事情都往好处想，就不会有问题。

她下车后就往吉祥胡同走，到了那里才发现，胡同已经破败得不像个样子了。到处都是拆掉的平房，一点往日的风貌都见不到了。根据城市扩张的进度，周一贞应该早就料到这种情况的，但她不是一个善于预测事情的人，所以胡同的变化给了她很大的震动。

她终于回到从前的家了。她那个小院倒还是很完整的，只是此刻一个人都没有。周一贞看到了房门外的那个自来水龙头，从前她经常洗衣服洗拖把的地方。她的鼻子有点酸，但她很快控制了自己。

她敲门，敲了几轮没人答应。于是轻轻一推，门开了。

多么奇怪啊，两间房里的摆设同她从前那个家里的摆设一模一样！她不是将家具和摆设全搬走了吗？她和老徐交给朱煤的是空房啊。周一贞百感交集地坐在从前的老式梳妆台前，她不想动了。她记起最后一次坐在这里梳头时的情形。当时镜子里映出的秃头女人令她一阵阵颤抖。

她听到有脚步声走近，大概女主人回来了。

"周姐，您来了，这有多么好！我真幸福！"朱煤看了她一眼说道。

"幸福？"

"是啊。您总是给我力量嘛。"

"等一等，您说的是怎么回事？还有这屋里的家具和摆设——"

"啊，您不要多心，这是我自己设计的，根据我以前看到过的来设计的。那时我到您家来过好几次，您忘了吗？我可是设计师。怎么说呢，当时我处在我人生的低潮中，我决心脱胎换骨，变成另外一个人。我在医院偶然遇见了您，得知你们要卖房子，我就尾随您和您丈夫来这里了。"

"您决心把您自己变成我吗？"周一贞说话时脸一下子变得惨白了。

"是的。请您别生气。"朱煤回答时直视着周一贞的眼睛，"事实上，您挽救了我。您瞧，我现在过得充实有序。"

"您让我想一想，我很不习惯这个消息。"

"这是我为您泡的茶，您喝了吧。您脸色不好，要不要躺下休息一会儿？这儿仍然是您的家。"

周一贞喝了几口茶之后定下神来了。她的目光变得呆滞了，缓缓地在那些熟悉的家具摆设上移动着。

"太好了。"她言不由衷地说，"这下我真的回到原先的家里来了。那是我的小砍刀吧？正是我从前在加工厂砍莲子的时候用的。朱煤小妹，您真是费心了，世上竟有这样的事。"

有一位邻居站在房门口朝里看，他认出了周一贞。

"煤阿姨，您家中来客人了啊。我要收电费了，您哪天交？哪天方便我就哪天来。"

他并不同周一贞打招呼，这令她尴尬，也很委屈。莫非这位邻居认为她已经死了？那时她同他可是天天见面的。

"对，我来客人了，您不认识我的客人吗？"朱煤说。

"有点面熟，不，不认识。"

他离开了，他的样子有点惶恐。周一贞突然感到很累，眼皮都在打架了，朱煤的身影在她眼里变得歪歪斜斜的。

"您困了，您躺下吧，我来帮您脱鞋。这就好了，我去买点菜回来，咱俩晚上好好吃一顿。什么？您说蜘蛛？不要怕，这屋里是有一只，不过那算不了什么……"

周一贞入梦前听见朱煤将门关上出去了。

周一贞醒来时太阳都落下去了，她睡了很长时间。她对自己的行为感到奇怪：怎么会跑到别人家里来睡在别人床上？她从前从来不做这种出格的事。她听到朱煤在厨房里忙上忙下，于是连忙起来折好了被子，去帮忙。

她看到朱煤把饭菜做得很香，心想她真是个会生活的女人。

吃饭时周一贞说：

"您瞧我，真不像话……"

朱煤立刻打断她，要她"不要有任何顾虑"，因为这里本来就是她的家，她爱怎么就怎么。再说是她请她来的嘛。

吃完饭，两人一块收拾了厨房，周一贞要回家了。朱煤对她说：

"您没注意到两间房里开了两个铺吗？这张床就是为您准备的啊。您没来时，我一直睡在里面那间房里。"

周一贞对她的话感到很意外。

"我还没同老徐商量，我估计他不会同意的。"

"为什么呢？我倒认为他一定会同意。您给他去个电话吧。"

于是周一贞坐下来打电话。

"这是很好的事嘛。"徐生在电话里爽快地说，"难得人家盛情挽留，你也正好交个朋友啊。"

周一贞感到老徐的态度很陌生，因为他从来不是个爱交朋友的人，他也知道周一贞不是。周一贞有点生气，就对老伴说：

"那我今天就不回去了，这可是你同意的啊。"

"当然当然，是我同意的。"

她一放下电话，朱煤就拍起手来。

"老徐真是个通情达理的男子汉！"

但周一贞高兴不起来，她还在生老伴的气呢。

这时朱煤招呼她坐到书桌前去，她已经在台灯下摆了一本很大的相册，让周一贞翻看。

相册里的照片都是周一贞熟悉的背景，简直熟得不能再熟了，是让她魂牵梦萦的那些。比如胡同口的一个石头狮子，比如离家最近的那条街上的一个铸铁邮筒；比如那家经营了二十多年的糖葫芦店；还有小院里的枣树；树下晾晒的杂色衣物等等。但照片里的主人公朱煤的表情却不那么熟悉。周一贞发现每张照片里的朱煤的面部都很模糊，而她的身躯也不那么清晰，像一个影子一样。就是说，只能勉强认为那是朱煤。再仔细看，周一贞吃了一惊。因为每张照片中的那个主角居然很像她自己。周一贞和朱煤长得并不相像，朱煤有文化人的气质，周一贞没有。可这些照片究竟是怎么回事？

当周一贞将大本相册翻完时，回头一看，朱煤已经不见了。于是她起身，走到每间房里仔细打量。这些摆设、这些物品，勾起她许许多多伤感的回忆。在目前情况下，她愿意伤感一下，伤感是美好的，要是可以哭就更好了。但她哭不出来。看来朱煤外出了，她怎么可以这样，丢下客人不管，自顾自地行动？但她为什么不能这样呢？她已经说了要周一贞把这里还当作自己的家嘛。外面静悄悄的，只有风在吹着枣树的树枝摇动，发出低沉的响声。周一贞在房里有种很安全的感觉了。她很后悔，因为自己竟然二十年没回来，她对发生在自己身上的一切该有多么大的误解！如果朱煤不叫她回来，她不就永远不回来了吗？会不会朱煤在二十年里头一直在叫她回来，用她的特殊的方式叫她回来。而她没听见？周一贞就这样思来想去的，时而坐下，时而站起来踱步。她感到眼前的熟悉之物在低声对她讲话，可惜她听不懂。

墙角有个小铁桶，里面装着干莲子，铁桶边是小砍凳。周一贞的心欢乐地猛跳起来！她立刻坐下剖起莲子来了。

多么奇怪啊，二十多年没再做过的工作居然还可以做得很好！她几乎看都不用看，一颗一颗地剖下去。就好像她不是在剖莲子，而是在大森林里捡蘑菇，不断发现一个又一个的意外惊喜。当她工作的时候，她没有回想年轻的时候在工厂里的那些旧事。相反，她所想到的全是平时从没想过的好事情。比如……啊，她快乐得要透不过气来了！她不会因为快乐而死去吧？

"周姐，您在钓鱼吗？"

朱煤的声音在门口响起，她为什么不进来呢？她在同她玩捉迷藏吗？周一贞将砍刀放好，向门口走去。

院子里没有人，朱煤躲在哪里呢？周一贞在那棵枣树下轻盈地走来走去，胸中涨满了激情。这个院里另外还有五家人家，都亮着灯，但房门关得紧紧的。周一贞记得从前可不是这样，那时大家来往密切，房门总是敞开的。难道这些房子都换了主人？

她不知不觉地走出了院门，来到了胡同里。多么奇怪，胡同在夜里看起来完全不是白天那副破败的样子了，而是既整洁，又有活力的样子。虽然一个人都看不到，那条路却在幽幽地发光，仿佛余留着白天的热闹。胡同两边那几座四合院的大门敞开着，让人想入非非。

周一贞看见前面有个女人的身影一闪就进了那家四合院。啊，那不是朱煤吗？她尝试着喊了一声：

"朱煤！"

朱煤立刻从大门内出来了。她很快跑到周一贞的面前。

"连您也出来了，"她笑着说，"当然，为什么不出来？我们这里到了夜里就是世外桃源。您知道我去这里面找谁吗？我是去找我的情人，他才二十八岁，是一个天不怕地不怕的家伙！"

周一贞听出了朱煤的口气里那种淫荡的意味。要在平时，她可受不了。可是在今夜这样的月光，这样的空气里头，她竟然觉得一切都是那么的合理。五十岁的朱煤，正应该爱上二十八岁的小伙子嘛。如果她周一贞是个小伙子，也要爱上朱煤的，朱煤可是稀世宝贝。

"原来这样。我打扰您了。您别管我，我走了。"她连忙说。

"不，您别走！"朱煤果断地一扬手说道，"您既然出来了，我就要同您共享快乐。您看，夜色多美！"

"是啊，是的……"周一贞喃喃低语道。

"我们去您从前工作的加工厂，现在那里是小商品零售商场。"

周一贞想拒绝，因为这二十年来，她一贯害怕遇见从前的同事。可是朱煤紧紧地挽着她往那个方向走，周一贞感到朱煤热情得像一团火一样。也许她是将对情人的热情转移到这上面来了。她为什么要这么热情？朱煤一路上说出了答案。她告诉周一贞，加工厂倒闭之前，她也在那里工作了两年。她是作为临时工进去的。可惜她没能干多久，厂子就倒闭了。后来她只好又拾起从前的老行当，帮人做设计。这些年她做设计也赚了些钱，但她总是怀念在加工厂的美好日子。她说话的时候，周一贞想起了那些莲子，心里涌起莫名的激情，于是不由自主地说：

"加工厂的劳动生活真是美妙啊！"

"您瞧！您瞧！"朱煤在夜色中大喊大叫，"我说出了您的心里话吧！人只要去过那种地方一次，终生难忘！"

她们来到加工厂原址时，周一贞看见那里完全变样了。

厂房里原先的那些车间全变成了小商店，到处结着小彩灯，人来人往的。那些店主有的面熟，是原来加工厂的工人，有的不熟。他们一律热情地同朱煤打招呼，但都没认出周一贞来。这些铺面卖的东西很杂，厨房用具啦，厕所用品啦，文具啦，小五金啦，童鞋啦，五花八门的。

周一贞见到这些从前的工作伙伴，尽管他们没认出她，她的心情还是很好。她在心里感激朱煤，因为她并不向这些人介绍自己，而她也愿意朱煤这样做。她跟在朱煤后面走，非常放松。她心里升起一种快乐的预感。

朱煤拉着周一贞进了卖瓷器的铺子。这个铺面是前后两间，店主是周一贞不认识的中年女人。她邀她俩坐下来时，周一贞又感到她有点面熟。周一贞刚坐下，女人却又拉着朱煤到里面那间房里去了，留下周一贞一个人守着那些瓷器。

一会儿就有六七个顾客拥进来了。周一贞很着急，希望朱煤和那女人快出来，可她俩就是停留在后面的仓库里不出来。

有一位老头拿起一把茶壶向周一贞询问价格，周一贞说自己不是店主。

"您不是店主，怎么站在这里？"他责备地说，"要敢于负责任嘛。哈，我看到价格了，贴在茶壶底下！二十三元。"

他掏出钱夹，数出二十三元，放在柜台上就往外走，边走还边气冲冲地说："没见过你这样做生意的。"

接着又有一位少妇拿了一只花瓶来找周一贞。周一贞只好老实相告，说让她等一下，因为店主在里面房里。她走到里面那间仓库里一看，哪里有人呢？却原来这间房有一张门向外开着，通到小街上。她俩一定是从这里出去，到街上游玩去了。

她转回来告诉少妇说，店主不在，有事去了。

"可是你不是在这里吗?"少妇瞪圆了眼睛说。

后来少妇说她查到了价格是三十七元,于是将四十元钞票拍在柜台上,拿了花瓶就离开了。周一贞连忙将那些钞票收好。

进来的这一拨顾客每个人都买了东西。只有最后一名顾客要同周一贞讨价还价。他捧着一个大汤碗,说十五元太贵了,要周一贞以十元的价格卖给他。周一贞说店主不在,她做不了主。

"你怎么会做不了主,刚才不是卖了这么多东西吗?"他的口气有点凶。

周一贞害怕起来,朝着后面房里大喊:"朱煤! 朱煤!"

那男子连忙说:

"别喊了! 我不买还不行吗?"

他从她身边擦过去时,周一贞突然认出他是她从前的小组长。那时她和他天天坐在一个车间里剖莲子。他为什么要威胁她?

周一贞对朱煤很生气,她将那些钱放到柜台下的抽屉里,随手关上铺面的大门,跑步逃出了她从前工作过的地方。

她一下子就变得轻松了。她想,她是出来游玩的,朱煤为什么要将她逼得这紧? 瓷器店发生的事实在是讳莫如深。周边的环境改变得很厉害,加上灯光稀少,周一贞居然在从前工作过的工厂外面迷路了。这时她听到有人叫她的名字，便回头一看，看见了从前的工友白娥。除了声音以外，这位往日的白净少妇已经完全变了，即使在朦胧的电灯光里也看得出，她脸上黑巴巴的，而且很瘦。但她似乎精神很好。

"周一贞，到我家去！"她急切地说，"你应该到我家去，我现在是一个人生活了，你可以住在我家里！"

她用力拽着周一贞的手臂，将她拖进路边的矮房子。那房间里黑洞洞的，她俩几乎是一块跌到了一张铺着席梦思的大床上。周一贞挣扎着想爬起来，因为她还没脱鞋呢。白娥仍然死死地拽住她，说到了她家用不着穷讲究，入乡随俗最好。

"外面黑灯瞎火的，你还能到哪里去？"白娥的声音阴森起来。

周一贞立刻停止了挣扎，变得安静了。一分钟以后，她的眼睛就打架了。她感到一床被子盖在了她身上。她隐隐地听到白娥在同门外的人吵架。

周一贞醒来时，天已经大亮了。她看见从前的同事白娥正坐在床边静静地观察她，看得那么入迷。周一贞一下子脸红了，她不习惯被人端详。

"一贞姐，我们终于会面了。"她说。

"是啊，终于。"周一贞顺着她的语气说。

"我还以为我等不到这一天了呢。"

"人活在世上就靠运气。"周一贞又顺着她的语气说。

"不！你这样说是错误的！"

白娥生气地站了起来，开始在房里走过来走过去，很激动。

周一贞铺着被子，拍打着床上的灰，等待白娥发作。

但白娥却并没有发作，突然又转怒为喜，凑到她耳边轻轻地说：

"我知道你是从朱煤那里来的。昨天你一到她家，我们加工厂所有的人都知道了，每个人都急着要来看你。我嘛，抢在所有的人之前把你抓到了手！"

"既然你们都这样，那为什么在小商品市场那里，你们又都装作不认得我呢？我看见了好几个原先加工厂的同事。"周一贞说。

"装作不认得你，那当然！大家你看着我，我看着你的，只能装作不认得你嘛。要等到了黑地里，才能出其不意，一把抓去。这是规则嘛，你看我就是这样做的。这些年，我们对你的好奇心是很大的，都想知道你是怎么活过来的啊！你是我们大家的希望。"

周一贞洗了脸，刷了牙，然后坐下来同白娥一块吃早饭。她看见白娥仍是目不转睛地打量自己，就笑着问：

“我身上有什么好看的吗？”

“我不是看你，我看我自己呢。你走了之后，就把我的魂带走了。我一直在想，据说周一贞没有死，又活过来了，那究竟是怎样一种情形？我真想再见一见她啊！所以昨天夜里，我的梦想成真了。”

周一贞听了这话感到很鼓舞，一时兴起，就做了几个飞鸟的动作。她做完动作后又有点不好意思，就向白娥解释说：

“想想看，连我这样不起眼的人都能死里逃生，你们大家就更不用说了！我要告诉你的是：人人都会有转机。不过我现在要离开你了，朱煤一定在等我。谢谢你的招待。”

“一贞，祝你好运。我也谢谢你陪伴我度过了美好的夜晚。昨天夜里的景色真美，那只梅花鹿跑得真快。”

白娥说完这些话之后就垂下了她的目光，她盯着桌布上的一块油渍发起呆来，把周一贞完全忘记了。

周一贞走出白娥的家，这才发现白娥家在一条相对安静的街上，从这里她还要穿过两条街才能到吉祥胡同。她打算去同朱煤告别，然后回家去。她心里涌动着欢乐，也有点迷惑。她想，她只有回到家才能把自己的思想整理清楚。她从家里来到旧居，遇见了一些新奇的事，但最最令她吃惊的事却是这里的人都将她当作他们中的一员，好像她周一贞一直生活在他们中间，就连瓷器店的那些顾客也不同她见外。这到底是什么原因？她不是已经从这里消失了二十年吗？

在白天，吉祥胡同又恢复了破败的模样。昨天看见过的那几座四合院再也找不到了，路上到处堆着一堆一堆的碎石和沙子，像是准备修路。还有一大堆煤堆在路当中，她只得绕着走，鞋子还是弄脏了。周一贞感到吉祥胡同变得令人厌恶了。旧居的院子里一个人都没有，大概都上班去了。朱煤和昨夜的女店主坐在家门口，看见周一贞来了，一点都不吃惊。看来这两个人昨夜是待在朱煤家里。

"我把货款都放在柜台下面的抽屉里面了。"周一贞说，"我实在是不敢自作主张帮您做生意……"

"不要紧不要紧！"那女人打断周一贞说，"那点生意无所谓的。您给我们带来了惊喜，我和朱煤整整一夜都在谈论您呢！"

"谈论我？"

"是啊，您在我们这个圈子里引起了轰动。我走了，您可要好好保重自己啊。再见！"

朱煤和周一贞两人目送着她消失在院门那里。

"朱煤，我是来同您告别的。这次访问旧居给我留下了美好的印象，也长了许多见识。可是——怎么说呢？

我觉得我从昨天到今天经历的这些事都像蒙着一层纱，看不分明。我现在心里很激动，我又说不出我为什么激动。您能理解我的心情吗？"

朱煤瞪着眼，直视着周一贞，然后点了点头，说：

"我理解您，周姐。要是连我都不理解您，谁还能理解您？我邀请您来，您就来了，这不就是'心有灵犀一点通'吗？二十年前，我就觉得我可以像您那样生活。现在事实证明，我做得不赖。让我送一送您。"

她俩走出院门时朱煤说：

"您的鞋子弄脏了，您从大路来的。还有一条岔路呢。"

"啊，原来如此！我找那些四合院来着，怎么也找不到了。我竟会在从前的家门口迷路，这是怎么回事？"

"这事肯定会这样发生的。往这边来！"

朱煤将周一贞用力一拨，两人就转到了那条岔路上。那几座四合院又出现了，那些大门还是像昨天一样敞开着。周一贞又看到了昨夜的那种胡同景色。这真是一条寂静的小胡同！这条胡同是哪一年修出来的？她从来没见过这些四合院，它们看起来有些古老了，它们是从哪里冒出来的？朱煤发现周一贞脸上迷惑的表情，就笑起来。

"周姐，当年是您挽救了我，所以我总想报答您啊。您走了之后，我一年又一年地在这里等您回来，现在您终于回来了。您说说看，您对您的旧居有什么感想？"

"我觉得这里的人也好，景物也好，和以前都完全不同了。以前这里比较阴沉。可我不能确定，是不是我自己从前性格阴沉？从昨天出来到现在，我的心情一下都没平静过。这里的人们太热情了，但我并不懂得这些人，哪怕从前我天天与他们相处。他们就好像胸中有一团火一样，朱煤，您能告诉我要怎样才能懂得我从前的同事吗？"

"您不用完全懂得我们，您只要感觉得到我们的爱就行了。"

朱煤刚说完这句话，公交车就来了。她俩拥抱告别。

车子开动时，朱煤朝周一贞挥手。

"时常回家来看看啊！"她喊道。

周一贞站在车上发呆。一直到车子开到她家所在的那条马路，她下了车，又到附近菜场买了蔬菜，回到家里，她的思绪还停留在旧居。她决心在今后的生活中将旧居的那些谜团慢慢解开。

垂直运动

　　我们是生活在沙漠底下的黑土地带的小动物。大地上的人们不会想到，从一望无际的漫漫黄沙往下深入几十米，会存在着这么一大片充满了腐殖质的沃土。我们的种族祖祖辈辈都生活在这里。我们没有眼睛也没有嗅觉一类的器官。在这个大温床里头，那一类的器官没有什么用。我们的生活很简单，就是用我们的长长的喙掘土，吃进那些有营养的土，然后排泄。我们生活得其乐融融，因为家乡的资源太丰富了，我们都可以尽量满足自己的食欲，不会有什么争夺发生，至少我从未听到过。

　　闲下来时我们就聚在一起回忆我们祖先的一些逸事。我们总是从最老的那些祖先回忆起，然后一路追溯下来。回忆是愉快的，充满了奇异的咸味和甜味，还有一些松脂琥珀，咬起来喳喳响。我们的回忆里头有一段空白，那是一件难以描述的事。粗略地说，就是我们中的一位长辈（他是我们当中长着最长的喙的长辈）在一次掘土运动中突然越过界限，消失在上面的沙漠地带里了。他再也没有回到我们当中。每次回忆到这里的时候，大家都沉默了，我感到大家都很害怕。

虽然并没有人到我们底下来，我们的确获得了种种关于上面的人类的知识。我不知道那是通过什么样的渠道获取的，据说非常神秘，同我们的身体结构有关。我是一条中等身材的，各方面都很平庸的动物。我同大家一样，每天掘土，排泄，以回忆祖先为生活中的最大娱乐。可是当我睡着了时，我就会有一些奇怪的梦。我梦见人，梦见上面的天空。那些人们都是些好动的动物，触摸起来疙疙瘩瘩的。他们发达的四肢让我无比羡慕，因为在底下，我们的那些腿脚都退化了，我们全靠身体的摆动和扭曲来活动。我们的皮肤也过分光滑，很容易受伤。

一般来说，关于上面人类的话题有这样一些议论：

"钻到接近黄沙的边界那里，就可以听到驼铃的响声。这是我祖父告诉我的。可是我不愿到那种地方去。"

"人类繁殖太快了，据说数目巨大，地面可以吃的全被他们吃完了，现在正在吃黄沙。太可怕了。"

"如果我们不去想同天空、同地面的人类有关的事，不就等于那些事根本不存在吗？我们关于这方面的回忆和知识已经够多了，用不着去继续开发了。"

"我们头顶上的黄沙有十几米厚，这对于我们这种生活在温润的深土中的动物来说，就相当于世界边缘的绝境。我到过边界，也产生过冲上去的欲望。今天在这里，我愿意回忆当时的情景。"

"黑土王国先前没有，后来就有了。我们最老的爷爷也是先前没有，后来就有了。于是有了我们。有时我想，或许我们中的哪一个应该尝试一下冒险。我们既然来历不明，我们的使命当中就应该有冒险。"

"我也想冒险，我最近开始绝食了，我要改变我的湿滑的，喜欢出汗的体质。一想到几十米深的黄沙就恐惧，越恐惧反而越想去那种地方。我在那种地方一定会失去方向感的，大概唯一的方向感只能来自下面的引力。但是在那种地方，引力会不会改变？我忧心忡忡。"

"所有的历史，所有发生过的逸事我们都记得，为什么独独忘记了我们的长喙老爷爷？我老觉得他还活着，可又想不起关于他的任何事。看起来，我们的记忆只保留在家乡，一离开这里，就要被历史彻底取消。"

"当我静下来的时候，我会产生那种怪念头，我愿意自己被我们的集体遗忘。我也知道在这里是做不到这一点的。在这里，我的一言一行都留在大家的记忆里，而且还会一代一代流传下去。"

"我觉得我是可以生出疙疙瘩瘩的皮肤的，只要每天刻苦锻炼。最近以来，我总是往那些比较硬的土疙瘩上擦呀撞呀的，弄得皮肤出血，然后结痂。好像有些效果。"

值得指出的是，我们这些动物并不是聚集在一块空地上开会（像上面的人类那样）。我们这个黑土王国没有空隙，全都密密实实的。当我们聚到一起来休闲娱乐或开会时，我们仍然是被泥土隔开的。黑土的传音效果十分好，我们只要表达，哪怕是发出最微弱的声音，也会被大家所听到。有时候，我们也会在掘土时无意中碰到了另一位的身体，这时双方就会生出无比厌恶的感觉。啊，我们实在是不愿意同自己的族类有任何身体上的接触！据说上面的人类是通过交媾来繁殖后代，同我们这种无性生殖有很大的不同。那会是一种什么样的情况？我们还没有关于这方面的细节的知识。有时候，我想一想与自己的同类纠缠在一起的情况，竟会恶心得尖叫起来。

停止了掘土时，我们就一动不动了。我们像一些蛹，在黑土里面做梦。我们知道我们的梦都是大同小异，不过相互之间串梦的事从来没有发生过，都是各做各的。在那些长梦里，我会钻进泥土的深处，然后就同泥土融为一体了。最后，我就只做关于泥土的梦了。长梦真好，那是真正的休息。可是时间长了我也会隐隐约约地生出不满来，因为变为泥土的梦并不能让我体会到我最想体会的那种欢乐。

有一次，我们聚在一块说梦。当我说完我的一个梦时，我居然失望得哭起来了。那是什么样的梦啊，越来越黑，越来越黑，最后就变成了黑土。我想在梦里发出声音，可是我的嘴也消失了。他们一个接一个地劝慰我，举了很多祖先的例子来证明我们的生活的正当性。我停止了哭泣，然而有一种冰冷的东西停留在我的体内，我觉得自己很难再像以前那样对生活抱一种乐观的态度了。后来，即使是在劳动之际，我也会感到沉沉的黑土压在我的心上。甚至连我的硬喙，也有种软化的倾向，时常竟会酸痛起来。我愿意通过做梦来获得休息，可是我不愿意梦醒之后无精打采，失去生活的兴趣。我一定是鬼魂附体了。我想，难道我会步那位失踪的前辈的后尘，消失在漫漫黄沙里头？

最近以来，我的身体有所消瘦，我的皮肤更容易出汗了。也许受情绪的影响，我要得病了。当我掘土时，我听到同伴们在为我鼓劲，可不知为什么，这并不能让我的情绪明朗，我反而变得自怜又伤感了。闲下来时，有一位老爹同我谈起我那过世的父亲。这位老爹的声音很美，嗡嗡嗡、嗡嗡嗡的，很像黑土有时发出的那种声音。我将那种声音称为催眠曲。老爹说，我的父亲其实是有一个遗愿的，只是他不能表达出来，而旁人也没有探究的习惯，那遗愿才没能进入到我们记忆的历史。我父亲临终前弄出奇怪的响动，这位老爹离他最近，所以听得最清楚。老爹说我父亲是想学空中的鸟儿飞翔的样子，他一听那声音就知道了。

"那么，他是想成为鸟类吗？"我问。

"我想不是。他有更高的目标。"

那一回，关于我父亲的遗愿到底是什么，我同这位老爹讨论了好久。我们说到了沙暴，说到了巨型蜥蜴，说到了存在过的某个绿洲，也说到了远古祖先的某次小小骚动——因为土质变化导致缺少食物而引起。每次我们说起一件事，就觉得快要接近那个遗愿了。可是再说下去呢，又越离越远了。真是让我们不甘心啊。

由于这位老爹带来的信息，我的情绪慢慢地稳定下来了。毕竟有一个遗愿！当我想到这一点的时候，空虚感居然减弱了。

"M！你在掘土吗？"

"哈，我在掘土！"

"这就好了，我们都为你担心呢。"

这些可爱的朋友，同伴，亲属，知己！如果我不属于他们的话，我还能属于谁呢？家乡是多么宁静，土壤是多么柔软，吃起来多么美味！我觉得自己已经成长了，对一些事看得开了，虽然胸口仍有点隐隐作痛，病已经从我的身体里离去了。然而这并不等于我没有变化，我已经变了，我的体内现在隐藏了一个自己也说不清的朦胧计划。

我仍然同大家一样，劳动，休息，劳动，休息……我听到我们的家乡发生了一些微妙的变化，比如种群的数量在减少；比如生殖的意愿在降低；比如某种莫名其妙的抱怨在我们当中蔓延；比如……最近在我们当中还兴起了一项娱乐，这就是用我们那退化的手指的宽度来测量我们的喙的长度。"哈哈，我是三指长！""我是四指长！""我的更长，四指半！"虽然我们每个个体的手指的宽度并不一样，这项活动还是给大家带来很大的欢乐。我发现我的喙比所有的同胞都要长。莫非那位失踪的长辈是我老老爷爷？！我的发现让我身上冒出了冷汗，我把这个秘密藏在心里。

"M，你的喙是几指？"

"三指半！"

我让自己的身体保持垂直，不断地向上突进。这种方法的改变很快就被大家觉察了，我感觉到我的周围都是恐慌。我听到他们在说："他！""可怕啊，可怕！""我觉得地在摇晃，会不会出事？""M，你可要把握住自己啊。""向上的直线运动不是我们的本性!"

我都听到了,我在做一件危险的事,我已经止不住自己的冲动了。我上升啊上升啊,一直劳动到精疲力竭,然后就睡着了。我睡着之后一个梦都没做,那是种死一般的沉睡,没有迷惑,也没有痛苦,而且也无法判断睡了多长时间。醒来之后呢,我的身体又条件反射般地往上冲。

没过多久我就发现自己周围成了一片死寂。也许他们是有意地避开我,因为我离边界地区还很远,我活动的地方不可能没有同类。生平第一次,我在绝对的静寂中独自待着了。有两大块东西,很黑,应该比泥土还黑,始终停留在我头顶。在我的感觉中,那两个东西应该很重,无法穿透。奇怪的是我不断向上掘进时,它们也不断后退。我触不到它们。如果我的喙触到了它们,会不会是灭顶之灾?它们有时混合成巨大的一块,有时又分开。它们混合时发出"咯咯"的磨合声,它们分开时也发出不乐意的呻吟。我顾不了那么多了,我就像它们不存在似的继续突进。我想,我应该是死不了的!也许,我正在履行父亲的遗愿?

又过了一段时间,我在死寂中劳动,在死寂中沉睡。我小心翼翼地控制着自己的情绪不去多想。我知道我正在接近边界。啊，我差不多将那两块黑东西忘记了！是不是我将它们看作我自己了呢？可见无论什么事情都是可以习惯的。当然我也有软弱的时候，这种时候我就会在心里发出悲鸣："父亲啊父亲，您的遗愿是一个多么恐怖的黑洞！"我发出悲鸣时就产生那样的错觉：黑土层绞扭着我，像要扭断我的身躯一般。我还感到那些泥土皱折里面藏匿着祖先的尸体，尸体发出点点磷光。产生这种幻觉的时间不会太长，我不是一个喜欢伤感的人，大部分时间我都在按部就班地上升，上升！

做垂直运动以来，我觉得自己的生活更有规律了：劳动，睡觉，劳动，睡觉……因为这种规律化，我的思想也起了某种变化。以前我很喜欢漫无边际地遐想，关于黑土层啦，关于祖先啦，关于父亲啦，关于上面的世界啦，等等。遐想是一种放松，一种娱乐，一种最好吃的松脂。现在呢，一切都变了，我的遐想不再是漫无边际，而是像有了目标似的。情况是这样的：只要我开始休息，我上面的那两块黑东西就在向我暗示着一个方向，牵引着我的思想朝那个方向去。上方是什么？就是那两块东西，我在冥想中听见它们里头发出一种奇异的梆子的声音，像是地上的某座古老的大山里有人在敲梆子，声音居然传到了我们地下。我倾听着，想着上面这巨大的黑东西。当我沉迷于其间时，梆子声会突然停止，变成我

255

们虫子钻地的声音，许许多多虫子。虫子当中又往往有我似曾听到过的声音在含糊地说话。啊，那种声音！那不是我从父亲的身体上分裂出来之后不久常常听到的声音吗？这样看来，父亲还在我们当中。他带给我稳定感，信心，还有那种特殊的兴奋。这里是一个新的想象的领域，我发现我喜欢我目前的这种生活。当你的一切举动都好像要达到你的既定目标一样，当你将你的喙不断伸向你对之有无比兴趣的东西时，这种感觉是不是幸福？当然我也没有过多地去想这个，我只是对我的新境况有种满足感。

其实那上面哪里是两块黑东西？我慢慢感到了那两块东西里头的层次。是的，那不是漆黑一团，而是具有无限浓淡层次的东西，而且那些层次在不断地变化。我越接近边界，它们的核心部分就变得越淡，越薄，似乎就要透出光来了一样。是的，我的皮肤差点要感觉到光了。那种淡红的，有点热的东西。有一回我猛力一掘，感到自己戳破了它们当中之一的核心，我甚至听到喳的一响。我激动又害怕。然而过了一会儿，我就发现没有那回事，它们还在我上面，好好的。我的想法是很幼稚的，地底下怎么会有光呢？这两块东西现在是多么玲珑，多么诱人了啊，父亲含糊的声音不是又响起来了吗？

不久就发生了这样一件事，我在向上掘土时，忽然发生了崩塌。我事后才判断出这是崩塌，在当时，我只感到自己在坠落，也不知落到了什么地方。我记得起先我处在一种兴奋状态中，我隐隐约约地听到我们古老传说中的那种嘈杂声，也就是上面的人们集会歌舞的声音。当时我想，怎么会在沙漠中聚会呢？或许我们的上面并不是沙漠？这一下，我上面那两块黑东西真的透出光来了。我这样说只是说出我的判断，因为我感觉不到光。这个光，它不是淡红也不是黄色、橙色，它是一个感觉不到的东西，它嵌在那两块黑东西之间。乐器伴奏的声音越来越激烈，我越来越冲动。我拼全力向上一戳……然后就是崩塌。

我很沮丧，我认为我一定是落到了我做垂直运动之前的地方了。可是过了好一会，周围仍然是那种寂静。那么，在沙漠之下还有另外一个王国，一个死的王国？这里真干燥，泥土也不是原来的那种黑土了。我忽然明白了，这根本就不是土，这是沙！对，这就是那种不成形的沙！我明明是往下坠落的，怎么会来到这种地方的？难道引力改变了方向吗？我不愿多想这种事，我要尽快开始我的劳动，因为只有劳动，可以带给我稳定自信的好心情。

我就开始挖掘了——仍然是向上、垂直的运动。沙漠中的运动和泥土中的运动大不相同。在黑土里，你可以感觉到你运动的轨迹、你穿过的地方所留下的那种造型。可是这些无情的沙子啊，它们将一切都淹没，你什么都留不下来，也无从判断方向。当然，以我现在的这种生活方式，我只要做垂直运动就可以了，因为我的体内对引力还是很敏感的。这样下来，我感到这种劳动比以前辛苦多了，也紧张多了，并且吃的是沙，谈不上口味，只能说是凑合了。之所以紧张是因为怕犯错误，怕迷失方向。我必须每时每刻聚精会神地执着于对于引力的感觉，只有这样才能保持路线的垂直。这些沙子似乎要窒息我的所有感觉，甚至想让我没法知道自己在运动。于是我的感觉就用力向内收缩了。不再有轨迹，也不再有造型，只有一些模模糊糊的搏动着的内脏，以及一闪一闪的微弱的光出现在我脑海里。

那么，我是在原地伸缩还是在向上移动？抑或是在向下沉沦？我能够判断吗？当然不能。情况变成了这样：每隔一段时间我就一伸一缩地做运动，那种我自认为是向上的运动。当然沙子比泥土的阻力小多了，但正是这种阻力小让你无所适从，你没有立足点，也无法确定你努力的成果，很可能根本就没有成果。做运动做累了之后，我就吃一些沙，然后进入死一般的睡眠。我的皮肤开裂后又愈合，愈合了又开裂，在渐渐地增厚。上面的人们就生着很厚的皮肤，他们经历了我的这种磨炼吗？啊，这种寂静，这种荒芜！短时间也许可以忍受，如果总是这样的话，同死有什么区别呢？不安慢慢地萌生了。我想到那位失踪者，莫非他还活着？有一种可能就是我和他都活着，再也不会死了，我们被埋在这漫漫黄沙里各自跃动着，永远不能见面。一想到这种可能性我的全身就会抽搐起来。我这样发作过好几次了。

最后一次发作非常厉害，我以为我要死了。我感觉到了山。山就是我原来上面的那两块黑东西，它们失踪了一段时间又来了。它们朝我压下来，但并没有把我压死，只是悬在上面。这时我的发作马上停止了。在缓解之中，我的意识起先急速地运转着，然后就全部丧失了。我拼死力向上一跃！山立刻就变薄了，薄得像两片树叶，上面的那种梧桐树叶。我甚至感觉到它们在飘荡。对于我来说，这就是奇迹发生了。我在兴奋中再用力一跃，梧桐树叶又变成了四片！的确是四片，我听见了每一片发出的那种声音，那是传说中的金属的响声。我明白了，我没有迷路，我走在正道上！很快，金属的树叶就要裂开，我就要遇见光了！不错，我没有眼睛，但这并不妨碍我"看"。我，地底的虫子，看见光！哈哈！且慢，凭什么？就凭我这伤痕累累的不安分的身体？还是凭我的某种妄想？谁能保证我出地面的瞬间不是我的死期？不，我不要深究这种问题，我只要不断地感到我上面的梧桐叶就好。啊,那种永恒的金属叶,大地上的清风在叶间穿梭……

我晕过去了。我醒来的时候,听到我周围的沙子嗡嗡作响,在这一片响声中,有一个苍老的低沉的声音在说:

"M,你的喙还在继续生长吗? "

是谁? 是他吗? 除了他还会有谁呢? 多少时光都过去了,这片沙漠,这片沙漠……事情怎么会是这样? !

"是啊,我的喙,我的喙! 请问前辈,我在哪里? "

"你在地壳最上面的一层,这是你的新的故乡。"

"我不能钻出去吗? 您是说,我今后只能在这些沙子里面游荡? 可是我已经习惯了做垂直运动啊。"

"在这里只能做垂直运动。不要担心,沙子上面还有沙子。"

"您的意思是说,我不可能完全突破出去? 我明白了,您已经尝试过了。您在这片地带住了多久了? 一定是很久很久了。我们不会划分时间,但我们知道我们失去您很久很久了。亲爱的前辈,我没想到,真的没想到,在这个——怎么说? 在这个绝境里,我会同您相逢。要是我父亲……啊,我不能提他,要是提他,我又会晕过去。"

他没有再说话,我听见他远去的声音:嚓,嚓,嚓……他一下一下地用老迈的长喙掘着沙子。我身体里面的液体在沸腾。奇怪,在如此干燥的地方待了这么久,我的身体里头仍然有液体。根据我听到的声音来判断，这位前辈的身体里头也有液体。真是奇迹啊！他是从我上面走掉的，他一定也看见了梧桐树叶。

哈，他又来了！多么美好啊，我有一个同伴了！我可以有交流的对象了！漫漫黄沙不再那么可怕了！他……他是谁？

"前辈，您是失踪的那一位吗？"

"我是一个游荡的幽灵。"

多么好，我说话，就有人回答我。多长时间没有这样了？有同类同我做一样的运动，同样在这沙漠中生存……父亲的遗愿就是让我来找他，我感到了这个！

我是一只沦陷在沙漠里的小动物，这种沦陷是我追求的结果。在这个中间地带，我幻想着大地之上的梧桐树叶，我也没有忘记我的黑暗中的同类。

医院里的玫瑰花

我在家中的时候总听到别人提到"高岭"这个地名。从人们的谈论给我的印象来看，那里似乎是一块高地，好几条狭长的小街伸向那个高坡，坡上是这个城市最大的医院。据说高岭离我家不远，那几条街道旁边布满了狭小的平房和破旧的两层木楼，贫苦的体力劳动者住在那种地方。那些人都烧不起煤，所以家里的小孩只要一有时间，就提着扫帚撮箕来到大马路上，一看到人力板车上掉下了一点煤，就奔过去用扫帚扫进撮箕。说起高岭，家里的大人就是这样介绍的。我越来越好奇了，高岭究竟是什么样的？

一个星期天，我碰巧去高岭的附近买文具。买完文具之后，我就顺着一条窄小的巷子进入到了高岭内部。

那天太阳很烈，人们都躲在屋子里头，窄窄的柏油马路上从头至尾看不到人影。我流着汗，一直走到马路尽头，仍然没碰到一个人。爬到坡上后，马路转了一个弯，变成了下坡。我想了一想，决定进入那些窄小破败的房屋群里头去。我是从一栋土砖屋旁边进去的，一进去就看见很脏的公共厕所，经过厕所，来到一家人家刚刚搭起的灵堂。灵堂里挂着死者的照片，是一位戴红领巾的，样子很乖的女孩，不会超过十四岁。棺材还没有抬进来。我很疑惑，我还从来没有见过为小孩做道场呢。我还想站在那里多看一看，就有人来赶我走了。一掌打在我的背上，很重。我忍痛跑开，眼泪都差点掉下来了。

"她啊，是得了脑膜炎才死的。"一个同我一般大的女孩在我旁边说。

她的样子很老到，扎了两个牛角辫，双手很粗糙，一看就是做惯了家务的。

"我是不敢在那灵堂里停留的。"她又补充说，还傲气地撇了撇嘴。

我不敢同女孩搭话，周围的氛围太诡秘了，我想到了逃离。两栋土砖屋之间有一条很窄的通道，只能容一人通过。我正要抬脚进入通道，女孩将我抓了回来。她的力气真大，我被她扯得差点跌倒呢。

"那是条死路，傻瓜。"

她要我同她走，于是我们又绕回灵堂，从它旁边穿过。灵堂里已经坐了一些人，开始吹打了，一个女人在哭诉，不知道是母亲还是亲戚。我们匆匆地将灵堂抛在身后了。我问女孩我们这是到哪里去，女孩简短地回答："医院。"我说我一点都不想去医院，她让我去了再说，还说："那里头好玩得很。"

　　我们七弯八拐地爬坡，终于穿过了蛛网般密布的居民区，来到了一个水泥坪。水泥坪的一边是高高的围墙，女孩说围墙里头就是医院。我以为医院大门离得不远，可是走了好久，走过了水泥坪，又进入了一条横向的马路，还是那堵围墙，连大门的影子都没见到。

　　"我们休息一下吧。"女孩说着就往地下一坐，背靠着围墙，垂下头。

　　我看见她在抚摸自己手掌上那些细细的裂口。我呢，又热又渴，只想回家了。

　　"医院里头好玩得很。"她又说，似乎猜到了我的心思。

　　终于看到了一个卖冰棍的老女人，我想买，她却摆摆手，说已经卖完了。女孩见我茫然失神的样子，就扑哧一笑。她告诉我前面有一个围墙缺口，从缺口可以进到医院里。

　　我们又走了一会儿就看见缺口了，于是一前一后钻过去。眼前是一栋五层的旧建筑，楼前很脏，到处是一堆一堆的玻璃试管啦，注射器啦，胶管啦等等。中间还夹杂了好几个玻璃罐，罐里装着可疑的物体，有点像人体器官。

"那里头是小孩儿，有活的也有死的，不要去看！我们跑吧！"女孩大声说。

我和她一道飞跑起来。我们跑过了好几栋青砖楼房，每栋楼的众多窗口都有人伸出头来看外面，那也许是病房。最后，我们跑到了花园里。女孩扑倒在草地上就不动了，我呢，也在她旁边坐了下来。花坛里的玫瑰开得特别茂盛，我从来没有见过这么大这么美的玫瑰，它们浓烈的香气居然一下子就消除了我的疲劳和干渴。花园里特别静，连蜜蜂的嗡嗡声都听得清清楚楚。我想，原来这里就是女孩说的好玩的地方啊，这里倒是真好，我都不想离开了。我推了推女孩，要她起来同我一道去欣赏玫瑰花，可是她没有动。我就独自绕着那个很大的花坛转了几圈。蓝天底下的这个奇迹是多么的赏心悦目啊。我越看越急于要同那女孩分享，就又去推她。她终于打着哈欠坐起来了，沉着脸，很老派地对我说：

"你这个傻瓜，那花儿下面有小娃娃，活的死的都有，你可不要拨开花丛去瞧啊。就在上个星期，一个生病住院的女孩在这里被吓得……"

她卖关子似的不说了。我用力推她，问：

"吓得怎么样了？怎么样了啊？快告诉我！"

"死了。"她撇了撇嘴。

"你胡说！是你告诉我说这里好玩得很的。"我觉得心里头一下子空掉了。

"就是好玩得很嘛，我又没有骗你。来，我们一起去看花！"

我却不愿同她去了，我担心她忽然掀开花丛让我看见那种鬼一样的东西。我提议我们隔得远远地赏花。她狡诈地盯了我一眼，点点头同意了。啊，玫瑰花！玫瑰花！在花儿浓浓的芳香里，在温柔的蓝天下，我感到自己身处仙境！医院地处贫民窟旁边，病房那边那么肮脏，这里却藏着一个世外桃源，叫人怎么想得到。这么美的草地也是很难见到的，又深，又绿，又干净！

我躺在草地上，用双手枕着后脑，多么惬意，就这样躺下去才好呢。女孩站在我的上方，她弯下腰来对我说话，她的脸部显得特别巨大，像一面簸箕一样。

"你啊，你枕着三个小娃娃，两个已经死了，还有一个活的，被你压住了腿子。"

我猛地一下蹦了起来，我一心想冲出这个中了魔的花园。她从身后用力揪住我的衣服，不让我走，她甚至来扫我的腿，想让我跌倒。

"你看花嘛，看花嘛！让你看你又不看了。"

委屈的眼泪夺眶而出，透过泪眼，我看到满天都是硕大的玫瑰花在旋转。于是我渐渐地安静下来了，就那样傻傻地站在那里观看。女孩悄悄地将一节软绵绵冷冰冰的东西塞到我手里，要我抓住，我慌乱地扔开那东西，拼命甩手，我感到有液体沾在手上了。

"你为什么这么紧张啊？那是一节树枝！"她说。

风停了，玫瑰花缓缓地落到草地上，这里一朵，那里一朵，活生生地抖动着。我将手掌放到眼前用力看，终于看清了，上面干干净净的，什么脏东西都没有。于是我全身松弛下来，小心翼翼地挪动脚步，免得踩着了美丽的玫瑰花。女孩的声音在我耳边响起，柔软而坚硬，热切而冷漠，那么怪异的声音——

"高岭的贫民窟里，有女孩死去了，就在医院旁边，医院里有玫瑰花坛……嘘，静，静！我们走出来了，你看，这是那个墙洞。"

我和女孩走在炽热的柏油马路上，黄昏快要降临，卖冰棍的老女人回家了。

我们在路口分手，双方都对对方的存在感到吃惊。